Literatur Quickie
VERLAG

2. AUFLAGE 2020

www.literatur-quickie.de

Lektorat: Ulrike Schuldes
Illustration Buch-Cover: Thorsten Passfeld
Layout & Satz: Ulrike Köhn
Druckerei: Beltz Grafische Betriebe GmbH

ISBN 978-3-945453-63-6

Alexander Rösler

UNTER KITTELN

Ein Krankenhausroman

Literatur Quickie Verlag
Hamburg

„Wer die Musik nicht hört,
hält die Tanzenden für wahnsinnig."

Gerhard Fritsch

VORWORT

Sehr geehrter Herr Rösler,

Sie baten mich, für Ihr Buchprojekt „Unter Kitteln", das Sie „Krankenhausroman" nennen, ein Vorwort zu schreiben. Mit Mühe kann ich mich an Ihre kurze Assistenzarzttätigkeit in meiner Klinik erinnern: Sie waren wenig diszipliniert und von chaotischer Grundstruktur, sodass wir Ihren Vertrag nicht verlängerten.
Wie kommen Sie auf mich? Sie dürften meine Ansprüche kennen.
Ich halte das, was ich von Ihrem Manuskript gelesen habe, für eine zweifelhafte Mischung aus Schmonzette, Pornografie und Ärztebashing. Das will ich nicht unterstützen und werde daher Ihrer Bitte nicht nachkommen.
Ich hoffe, dass Ihr Roman nicht zur Veröffentlichung kommt. Das wäre der Literatur und der ärztlichen Kunst nicht zuträglich, und letztlich Ihnen auch nicht.
Und kommen Sie ja nicht auf die Idee, meinen Brief als Vorwort zu benutzen!

Gruß
Professor Dr. med. K. Hinterholzer
Direktor der Klinik für Kardiochirurgie

Klinikum Puhl

Kurz vor dem Ziel blickt Doberer wiederholt in den Rückspiegel seines Wagens. Er hat sich das angewöhnt, aus Vorsicht. Antrainiert, denkt er, ist das bessere Wort. Wachsamkeit muss die Gewohnheit durchwirken. Sie darf niemals nachlassen.
Er fährt donnerstags hierher, selten, wenn er es nicht aushält, auch früher. Einmal war er an zwei Tagen hintereinander da. Aber so etwas darf nicht einreißen. Hier hat man täglich geöffnet. Das macht es nicht leichter. „Gewerbegebiet Nord" steht an der Ausfahrt, die Straße führt von der Bundesstraße ab. Der Nadelwald wurde gerodet, der Boden geteert. Alles für den Traum eines Bürgermeisters, der letztlich nur eine Amtszeit hatte. Die Hälfte der Bauten sind verlassen, schätzt Doberer. Vielleicht reizt ihn das ja, das Einsame, Unausgefüllte. Er parkt seinen Wagen einen Hof zu früh, falls ihn jemand sieht. Andererseits, wer fährt abends schon hierher? Doberer geht einmal um den Wagen herum und prüft, ob die Türen verschlossen sind. Eine alte Angewohnheit aus Studientagen, die er beibehalten hat, trotz der Zentralverriegelung und der automatischen Wegfahrsperre. Den Rest des Weges geht er zu Fuß. Wie schnell geht ein Unverdächtiger abends in einem Industriegebiet? Wenn ihn jemand träfe, würde er gelassen bleiben, er wolle sich nur umschauen hier, um zu sehen, was aus dem Gewerbegebiet geworden sei. Er hat diese Sätze geübt, sie müssen beiläufig daherkommen. Der ganze Doberer muss hier wie zufällig wirken. Rollsplitt bohrt sich in seine Ledersohlen. Zwei Ecken noch, Garagen, die Einfahrt zum Recyclinghof, Wellblech, einstöckige Bauten, vergitterte Fenster. Immer ist ihm hier, als müsse er mehr Kraft aufwenden zum Einatmen. Er sieht sich ein letztes Mal um, geht an den nummerierten Parkplätzen vorbei, deren Ziffern langsam auf dem Asphalt verbleichen, und biegt in einen schmalen Gang

zwischen zwei Häuserwänden ein, der blind endet. Rechts in der Häuserwand taucht eine Tür auf, die Zarge voller Klingeln, über- und nebeneinander montiert, die elektrischen Leitungen verschränkt und verschlungen. Die Namensschilder sind handgeschrieben, vergilbt oder verkratzt. Aber Doberer weiß, welche er drücken muss, donnerstags, in der Gasse.
Wenn der Türöffner summt, spürt Doberer das in der Hand, die er auf den Türgriff legt, um die Tür rasch aufzustoßen und zu verschwinden aus der Gasse, dem Blickfeld und der Alltagswelt. Innen riecht es nach ätherischen Ölen, die Doberer keinem Kraut und keiner Frucht zuordnen kann. Er will immer tiefer und tiefer atmen, wenn er das riecht. Beim ersten Mal hat er Angst gehabt, dass das ein Drogengeruch ist. Inzwischen versucht er, diesen Geruch in sich aufzunehmen und in sich zu halten. Einmal hat er in einem Drogeriemarkt an den Duftölen gerochen, um etwas Ähnliches zu finden. Er hat die Fläschchen einzeln aufgeschraubt, das Öl „Lotusflower" und den „Honeydream", bis die Verkäuferin gekommen ist und ihn ermahnt hat. Das gehe nicht, das jeder hier seine Nase an die Öle hält. Er hat die beiden Fläschchen gekauft und der Verkäuferin zugenickt. Sich zu entschuldigen, fällt ihm nicht leicht, das weiß er, denn er ist Geschäftsführer. Geschäftsführer der Dubio-Kliniken Punzlau, des zweitgrößten Arbeitgebers der Region. Die Körperöle „Lotusflower" und „Honeydream" liegen jetzt in seinem Arbeitszimmer, in der dritten Schublade rechts hinter den Espressokapseln.

Der Zug fährt optimistisch in die Landschaft hinein. Hagen muss in Farchau umsteigen. Der Bahnhof dort hat drei Gleise. Die Gleise 2 und 3 heißen 2a und 2b, das erste heißt 1a. Ein Provinzrätsel. Uringeruch liegt

über dem Bahnsteig. Der Bahnhofskiosk hat geschlossen. Ein Haufen Leute steigt aus, zerstreut sich und geht nach Hause. Hier werden Azubis wieder zu Kindern, Angestellte zu Eltern und Hunde freuen sich bedingungslos an der Haustür.
Die, die an dieser Station einsteigen, sehen nicht wohl aus, findet Hagen. Zu dünn, zu dick, zu blass oder künstlich überbräunt. Aber dafür ist die Landschaft schön. Brandenburg, du hast die Landschaft schön, hätte Lucie gesagt. Aber Lucie ist jetzt Vergangenheit. Der Zug rollt wieder nach Norden: viel Horizont, selten ein Hügel, Gehöfte, Seen. Birken und Kirchtürme setzen vertikale Akzente.
Nach zwei Stunden schiebt sich der Bahnhof von Punzlau graubraun in die Fenster. Vier Gleise, Linoleumfußboden in der Halle, Dielen im Wartesaal, ein Restgeruch von Wofasept. Links am Bahnhofsvorplatz ein Taxistand ohne Taxis. Neue Wegweiser, „City" steht darauf und „Dubio-Kliniken Punzlau", Hagens Ziel. Er blinzelt gegen die Sonne den Weg entlang und geht auf die Suche nach einer Unterkunft. Er findet die „Klause am See" und nimmt das Zimmer ohne Seeblick, weil er nur einen Hunderter in der Brusttasche hat. Er holt sein Jackett aus dem Rucksack und hängt es auf einen Drahtbügel. Es soll sich bis morgen früh entfalten. Dann geht er im Zimmer auf und ab, danach zum See, später in die Stadt. Er schaut in die Fenster leerstehender Häuser. Ob er hier oder da leben könnte? Man kann überall leben (wieder Lucie). Er wartet, dass er Hunger bekommt, und isst Döner. Dann wartet er, dass er Durst bekommt. Die „Klause am See" hat keine Minibar im Zimmer und im „Schwaneneck" gegenüber stellt eine Frau die Stühle hoch. Hagen trinkt Wasser aus dem Hahn und zappt lange durchs Fernsehprogramm, bis zu den nackten Mädchen mit den offenen Mündern. Dann schläft er ein. Am nächsten Morgen zieht er den Kunststofftöpfchen

von Margarine und Kondensmilch die Folien herunter, bestreicht, dosiert und formuliert im Geist Antworten auf Fragen, die ihm vielleicht gestellt werden. Warum Punzlau? Woanders keine Chance. Ihre größte Schwäche? Faulheit. Wo sehen Sie sich in fünf Jahren? In Berlin. All das darf er nicht sagen.
Er möchte jemandem erzählen, dass er ein Vorstellungsgespräch hat. Aber im Frühstücksraum sitzen nur zwei Frauen mit Kurzhaarschnitt und Wanderschuhen. Er fragt den Wirt nach seiner Meinung zum Krankenhaus Punzlau.
„Meine Mutter ham se da umgebracht", sagt der.
Mit Hotelkaffeegeschmack auf der Zunge verlässt Hagen die Pension und macht sich auf zu den Dubio-Kliniken, am Rand der kleinen Stadt. Sein Weg führt durch einen Quadratkilometer geputzter Altbauten, Nagelstudios und Ein-Euro-Stores. Das Schuhhaus Adler hat Räumungsverkauf, das Sanitätshaus und der Frisör haben Kundschaft, die sich ähnlich sieht. Dann franst die Stadt ein wenig aus, Tankstellen folgen auf Autohändler, Absperrband flattert um eine Villa, in der jetzt Katzen wohnen. Wenig später zweigt die Gleiwitzer Straße zu den Dubio-Kliniken ab.

Wenn Doberer zurückkommt, eine Stunde später die Sackgasse entlanggeht, die leeren Parkplätze überquert und die Garagen passiert, ist sein Gang verändert. Eine Nuance nur, beschwingter, leichter. Manchmal bleibt er dann in seinem Wagen sitzen, hinter den fest verriegelten Türen, im Dunkeln. Er kann zufrieden sein, denkt er. Alles bestens. Die Leute würden sagen: „Was will man mehr?" Und wenn man das Ganze global betrachtet, denkt er, mit Afrika und allem, müsste er glücklich sein. Geschäftsführer, sicher verheiratet, rundum zufrieden. Man muss das üben.

„Verstehen. Helfen. Heilen", steht auf jeder der drei Fahnen, die an der Auffahrt der Dubio-Kliniken ein fröhliches Geräusch verbreiten. Eine der Fahnen hat einen Riss, sie weht unruhiger. Hinter den drei Fahnen ragt die Eingangshalle auf, ein Neubau mit Glaskuppel, wie ein großer Wintergarten. Darin stehen Kübel mit Hydrokultur, Sessel für Besucher mit Tischchen, ein Kiosk und, in der Mitte, eine asymmetrische Theke, über der „Rezeption" steht. Zwischen den Sesseln steht ein Bildschirm, der einen Film über die Dubio-Kliniken zeigt, in dem sich Mitarbeiter begegnen und grüßen.

Hagen fragt den Mann an der Rezeption nach dem Sekretariat von Dr. Mickersen. Der Mann antwortet mechanisch mit einer fremdartigen, tiefen, röchelnden Stimme. Hagen kann gar nicht auf den Inhalt des Gesprochenen achten. Der Mann trägt ein rotes Halstuch. Wahrscheinlich wurde er am Kehlkopf operiert, Laryngektomie. Neben der Rezeption hängt das Leitbild der Dubio-Kliniken. Zwölf Gebote auf einer Aluminiumtafel. Die Wörter „Vertrauen", „Transparenz", „Respekt" und „Wertschätzung" sind fett gedruckt, genau wie „Innovation" und „Optimierung" weiter unten.

Hagen folgt den Hinweisschildern und einem farbigen Leitsystem auf dem Boden nach links in Haus 1, einen alten Klinkerbau, der mit der Eingangshalle verbunden ist.

„Chefarzt Privatdozent Dr. med. Mickersen, Sekretariat", steht rechts neben der Tür.

Hagen klopft erst leise, dann kräftiger und horcht. Drinnen flucht eine Frau. Er tritt ein. Die Frau trägt eine rote Lesebrille. Es ist Frau Koscinsky, die Sekretärin. Auf der Website der Klinik sah sie genauso aus, nur das Brillengestell ist grün gewesen. Sie versucht mit einem Küchentuch Kaffee zwischen den Keyboardtasten herauszuwischen. Das macht dieses Keybordklickerwischgeräusch.

„Guten Tag, Hagen Burbeis mein Name."

Es könne noch einen Moment dauern, sagt Frau Koscinsky. Sie trägt schwarze Stiefel und eine enge rote Bluse zur roten Brille. Sie spricht mit sächsischem Akzent, dann macht sie eine Pause und betrachtet Hagen über die rote Brille hinweg. Hagen setzt sich auf einen der sechs Stühle aus Chrom und Kunstleder im Wartezimmer nebenan. Die Fotografien an der Wand zeigen Sportstätten: Fußballstadien, Tennisplätze, Schwimmbäder. Die Bilder an der anderen Wand zeigen afrikanische Tiere: einen Löwen mit Löwenblick, eine Herde rennender Giraffen, Steppenstaub aufwirbelnd, und Antilopen, an einer Wasserstelle drapiert.
Dann empfängt ihn Privatdozent Mickersen. Er steht hinter einem Pult.
Wenig Unterhautfettgewebe, ist das Erste, was Hagen denkt, als er das Büro betritt. Was Mickersen wohl über Hagen denkt?
Wenig Wissen, wahrscheinlich.
„Spielen Sie Tennis? Sonst irgendein Sport? Marathon, Triathlon?"
Mickersen blättert die Bewerbungsmappe durch. Mit der Angabe seiner Hobbys hat Lucie die zweite und letzte Seite der Bewerbung gefüllt. „Da hat der Chef was zum Anbeißen", hat sie gesagt.
„Preise? Auszeichnungen? Im Sport, meine ich."
„Tenniskreismeister Westerland, in der Jugend."
„Ah! Weiterhin im Training?"
„Wenn Zeit bleibt. Bisschen Tennis, bisschen Turnen. Fußball. Schwimmen und Radfahren, aber eher zur Fortbewegung."
Mickersen murmelt irgendetwas Zustimmendes und blättert noch einmal rückwärts durch die Bewerbungsmappe. Er trägt eine Uhr, mit der man einen Notausgang freischlagen könnte. Die Lippen spannt er im Sekundentakt an. Lippentraining, denkt Hagen. Ob Hagen im Studium sehr viel nebenher gemacht habe,

abgelenkt gewesen sei. Schon, ja. Warum Punzlau? Kleines Haus, da könne man vieles selbst machen. Seine größte Schwäche? Ungeduld. Wo sehe er sich in fünf Jahren? Oberarzt, hier am Ort.
„Eine Kleinigkeit noch", schnarrt Mickersen. „Sie müssen hier ranklotzen, aufs Ganze gehen, durchhalten. Verstehen Sie? Hier haben Sie mindestens eine Sechstagewoche und mindestens fünf Nachtdienste im Monat. Dafür lernen Sie die echte Medizin, Sie kriegen das Gesamtpaket, nicht die Privatpraxis in Schlachtensee. Sie werden gepanzert hier herauskommen. Wilder Osten. Verstehen Sie mich recht?" Mickersen feuert Worte wie Patronen aus einem Maschinengewehr.
„Hab ich kein Problem mit", sagt Hagen.
„Sehr gut", sagt Mickersen. Er dehnt das „e", um nachzuladen. Hagen solle sich mal umsehen und dann in Ruhe entscheiden. Er könne zum Fünfzehnten anfangen, sie hätten zufällig gerade Bedarf. Es ist der sechste April. Mickersen quetscht Hagens Hand. Lucie hat gesagt, er solle ebenfalls fest zudrücken, aber ein Quäntchen schwächer und kürzer als der Chef.
Hagen steht wieder im Sekretariat. Ein Kollege werde ihn durchs Haus führen, sagt die Sekretärin. Wenn er sich heute entscheide, würde sie den Vertrag vorbereiten. Vorher dürfe er noch den Geschäftsführer, Herrn Doberer, kennenlernen.
Die Tür zum Chefarztzimmer ist jetzt geschlossen. Daran hängt ein Schild: „Bitte nicht stören. Träume von Privatpraxis in Schlachtensee."
Plötzlich steht, nach leisem Klopfen, raschem Eintreten und Schließen der Tür, ein kleiner knochiger, dunkler und stupsnasiger Mensch im Raum. Ein Wiesel, denkt Hagen. Kittel geschlossen, Alter schwer zu schätzen, vielleicht Mitte dreißig. Er stellt die Füße parallel nebeneinander und reicht Hagen mit leichter Verbeugung die Hand.
„Fenyak", sagt er. Und schon witscht er wieder durch

die Tür, Hagen versucht zu folgen. Fenyak tritt in eine Nische, in der ein Münztelefon hängt, und winkt ihn heran. Hagen hat seit Jahren kein Münztelefon mehr gesehen.
„Spielst du Tennis?"
„Hab mal, früher. Warum?", fragt Hagen.
„Wer Tennis spielt, bleibt."
Fenyak zeigt durchs Fenster auf einen Tennissandplatz.
„Mickersen Center Court."
„Spielt Mickersen gut?", fragt Hagen.
„Keine Ahnung", sagt Fenyak, „ich spiele nicht. Ich bin länger hier als Mickersen."
Sein Telefon summt. Er dreht sich kurz um und nickt.
„Zehn Milligramm", sagt er. „Nein, besser zwanzig, sofort, i.v." Er komme gleich.
Der Tennisplatz wird von einem Behinderten bewässert. Fenyak führt Hagen durch die Klinik. Er bewegt sich geräuschlos. Seine Richtungsänderungen kommen unvermittelt und sind kaum vorauszusehen. Zusammen steigen sie Treppen und laufen durch Unterführungen und Gänge, die Bodenbeläge wechseln, ein Labyrinth. Menschen in weißer, blauer oder weinroter Berufskleidung heben die Hand oder nicken. Patienten warten, Essenswagen stehen herum, einmal rennen zwei Männer in blauen Kasacks mit einem Notfallrucksack vorbei. Ein Bett steht im Gang mit zurückgeworfener Decke, darauf Blutspuren und Verbandsreste. In der Notaufnahme liegt der Wirt von der „Klause am See" und hält sich den Bauch.
„Den kenn ich!", sagt Hagen.
„Bald kennst du die meisten", sagt Fenyak.
„Differenzialdiagnose beim Gastwirt?", fragt er.
„Weiß nicht", sagt Hagen. „Vielleicht Alkohol?"
„Alkohol ist keine Diagnose. Alkoholrausch, Alkoholdelir, Alkoholfettleber, Alkoholhepatitis, alkoholische Leberzirrhose oder Alkoholpankreatitis. Außerdem Wernicke-

Encephalopathie, Herzinfarkt, Gicht und Depression."
Fenyak spricht in einer Art Telegrammstil, ähnlich wie Mickersen, nur langsamer, gehauchter und mit fremdem Akzent.
„Hier Endoskopie", „hier Sonografie", und: „Kannst du Endoskopie und Sonografie?"
Hagen schüttelt den Kopf.
„Anfänger?", fragt Fenyak.
Hagen nickt.
„Das ist gut", sagt Fenyak. „Gut, dass du das weißt. Besser bewusste Unsicherheit als unbewusste Sicherheit."
Fenyaks Telefon summt erneut.
„Wir sehen uns", sagt er, „und eins noch: Das Wichtigste, das absolut Wichtigste für Mickersen, für Doberer und für die Dubio ist die Grenzverweildauer. Merk dir das Wort. Lerne, es flüssig auszusprechen. Mehr dazu später." Aus seiner Kitteltasche ragt eines der billigen Pflegesthetoskope heraus. Fenyak bemerkt Hagens Blick darauf.
„Der entscheidende Teil des Stethoskops liegt zwischen den Ohren", sagt er und dreht ab.
Hagen schaut ihm nach. Seine Schritte kommen aus der Hüfte wie Karatetritte. Hagen sieht sich um. „Aufbahrung" steht auf einem Wegweiser, „Küche" auf einem anderen.

In den Momenten zwischen zwei Terminen, wenn keine E-Mail hereinkommt, wenn der Schreibtisch aufgeräumt, die Sekretärin noch beim Essen ist und die Espressomaschine aufheizt, blickt Doberer auf seine manikürten Fingernägel und spürt in sich hinein. Warum die Unruhe, warum die Unzufriedenheit?, denkt er. Visualisieren, denkt er und zieht ein A4-Blatt aus dem Drucker. Vielleicht sollte er weniger Espresso trinken. Vielleicht wäre Tee besser. Er könnte Schmierpapier

benutzen, doch er bevorzugt frische, weiße Blätter. Er zeichnet zwei kleine Kreise an den Rand des Papiers und schreibt „Getränk" und „Gemüt" hinein, dazwischen einen Folgepfeil in beide Richtungen.
Seit zwei Jahren ist Doberer Geschäftsführer der Dubio-Kliniken Punzlau. Er hat das Krankenhaus modernisiert. Die schwarze Null steht. Man muss Kompromisse machen, sagt er. Man muss das System von verschiedenen Seiten her begreifen. Gutmenschentum ist in der Medizin weit verbreitet. Aber eine Klinik ist ein Betrieb, ein Geschäftsmodell und das hat er in die Köpfe der Mitarbeiter implantiert. Doberer hat Vorträge darüber gehalten und den Konzepten Taten folgen lassen. Zuletzt hat er beispielsweise das Küchensystem komplett auf „cook and chill" umgestellt: Entkopplung von Zubereitung und Essensausgabe, Erhalt von Nährstoffen, gleichmäßige Qualität und Kostenersparnisse. Die Arbeitsplätze in der Küche wurden sozialverträglich abgebaut. Auch Doberer isst gelegentlich in der Kantine. Show up your face, weiß er. Aber der Dubio-Konzern tritt zurzeit finanziell auf der Stelle, der Output stimmt nicht, die Rendite lässt sich nicht steigern. Mit den üblichen Krankheiten, die die Leute kriegen, ist die Marge ausgereizt. Eine Lungenentzündung ist eine Lungenentzündung, ein Oberschenkelbruch ein Oberschenkelbruch. Die Aufenthaltsdauer ist festgelegt, die Anzahl der Komplikationen lässt sich vorausberechnen und einkalkulieren, eben auch für die Krankenkassen.
Vielleicht ist Schwelck das Problem. Das Klinikum Schwelck. Vierzig Kilometer entfernt, Maximalversorger. Auch das Klinikum Schwelck wackelt finanziell. Muss ja. Doberer hat seine Quellen.
„Schwelck", schreibt Doberer in einen großen Kreis auf das Papier, über den Kreis mit „Gemüt". Doch das Klinikum Schwelck gehört dem Land. Die können

machen, was sie wollen, das Land fängt sie auf. „Noch“, murmelt Doberer.
Schwelck hat einen Geschäftsführer, Findeisen heißt der. Wenn Schwelck pleitegeht, dann steht der Dubio-Konzern bereit. Auch Doberer steht bereit, das hat er in der Konzernzentrale deutlich gemacht („Wenn ich an anderer Stelle gebraucht werde ...“). Findeisen ist seit acht Jahren in Schwelck. Eine lange Zeit für einen Geschäftsführer. Das muss kein Vorteil sein, denkt Doberer. Wenn die pleitegehen, muss Findeisen gehen, findet Doberer. Wenn ein Bundesligaverein absteigt, muss der Trainer ja auch gehen.
Er schreibt „Findeisen“ in einen weiteren Kreis und in einen fünften „Personalakquise“. Keiner will nach Punzlau. Aber er, Doberer, ist vor zwei Jahren nach Punzlau gegangen. Seine Frau ist mitgekommen, trotz der Krankheit. Er zeichnet einen neuen Kreis und schreibt „Lebensumfeld“ da hinein. Doberer starrt einen Moment an die Wand. Dann malt er einen letzten Kreis aufs Papier: „Sex/Leidenschaft“. Er betrachtet einen Moment das Blatt und zerreißt es dann. Vier Mal quer zerreißen und dann in den Datenmüll, so macht er das immer. Ob Findeisen wohl Tee trinkt?

Doberers Sekretärin ist aus der Mittagspause zurück. Frau Mietz-Stallknecht. Bei den Bewerbungen hat Doberer gedacht, eine, die sich so einen Namen aussucht, taugt nichts. Die anderen, die mit den unauffälligen Namen, waren aber noch weniger geeignet. Die Mietz, wie er sie für sich nennt, hantiert an der Kaffeemaschine. Doberer kennt die Abfolge der Geräusche. Das Platzieren der für ihn bestimmten Tasse unter den Kaffeeauslauf. Das Brummen des Mahlwerks. Das Plätschern des Kaffees in die Tasse. Das Anklopfen. Ihr Gesicht im Türspalt, nur das Gesicht.

„Um vierzehn Uhr ist die Zielplanungskonferenz, wollte nur erinnern."
Sie stellt den Kaffee auf das Stehtischchen neben der Tür. Sie schließt die Tür leise. Extraleise. Doberer findet, dass sie übertreibt. Sie demonstriert eher, wie man eine Tür leise schließt.
Ihre Haut ist wieder fettig heute, denkt Doberer. Keine negativen Gedanken, denkt er gleich darauf. Sein Telefon flötet. Anita vom Qualitätsmanagement, wegen der Sterblichkeitsquote. Nach Gallenblasenentfernung sind im letzten Jahr zwei Patienten gestorben. Das zerstört die Quote. Und die Quoten müssen auf die Dubio-Website. Die Patienten hier sind eben alt, sie sterben eher mal, denkt Doberer. Andererseits ist sein Chirurg, Wulke, nicht gut. Wulke macht gern Witze. „Wie geht man in den OP? Na? Vollgefressen und leergeschissen!" Aber Wulke gehört zum Inventar und war schon da, als Doberer kam. Leider immer ein Argument, ein Totschlagargument sozusagen, haha, hier auf dem Land. Die Komplikationsquote der Chirurgie ist öffentlich einsehbar, kann Doberer den Kritikern entgegenhalten. Aber nur über den Pfad „Organisation/Geschäftsführung/Qualitätsmerkmale/Chirurgie" zu erreichen, man muss sich lange durchklicken zu den Quoten und auf der letzten Seite nach unten scrollen. Eine Website hat viele Schichten. Wie ein Bewusstsein. Die schlechten Quoten kommen ins Unterbewusstsein.
Wieder und wieder geht Doberer die Frage durch den Kopf, ob er mit der Mietz-Stallknecht ficken würde. Die Gedanken daran sind wie Wellen, die den Strand peitschen. Er will sie gar nicht, diese Gedanken. Die Szenen, die in ihm aufsteigen, gleichen sich: Die Mietz-Stallknecht steckt wie gewöhnlich den Kopf zur Tür herein, man spürt aber, dass sie diesmal nichts anhat, obwohl man nur den Kopf und den Hals sieht. Vielleicht

sieht man auch ein Knie durch den Türspalt. Sie sagt dann: „Um vierzehn Uhr ist unser Meeting, wollte nur erinnern." Sie machen es dann um vierzehn Uhr auf seinem Schreibtisch, zwischen den Unterlagen der Qualitätskontrolle. Dieses Bild kreist über Doberers Kopf wie ein Geier. Immer wenn sie den Kaffee bringt oder ihn an einen Termin erinnert, muss er das denken. Er mag den Gedanken nicht. Und jedes Mal wenn er das denkt, wenn er sich vorstellt, wie er die Mietz-Stallknecht von hinten nimmt, auf seinem Schreibtisch, verbindet sich die Stimme der Mietz-Stallknecht und ihr Betreten seines Zimmers mit diesem Gedanken. Vielleicht ahnt sie was und zeigt deshalb nur ihr Gesicht im Türspalt. Das Gesicht lässt ihn weniger daran denken, denn das Gesicht ist nicht schön. Es hat etwas Unbeholfenes. Sie hat eine schmale, schlecht tonisierte Oberlippe und eine vorgestülpte und dadurch Volumen vortäuschende Unterlippe, denkt er. Ein glänzender, dünner Feuchtigkeitsfilm liegt auf ihrem Gesicht. Sogar im Winter ist er da, dieser Film. Aber vielleicht hat ja der Rest, der Rest von der Mietz-Stallknecht diese Gedanken ausgelöst. Er versucht, die Mietzgedanken immer mit einem freundlichen Gedanken zum Abschluss zu bringen. Dass auch sie den Weg nach Punzlau gefunden hat und hierbleiben wird. Oder dass sie zuverlässig ist. Dann denkt er an etwas anderes. An die Chirurgie, die OP-Zahlen sind heruntergegangen. Schwelck hat einen Gefäßchirurgen eingestellt. Wie sie den dahin gekriegt haben, möchte Doberer wissen, er selbst hat schon unmittelbar nach Amtsantritt einen Gefäßchirurgen haben wollen. Was da alles dranhängt: die ganze Angiologie, Interventionen, teure Stents, gute Vergütung. Und Gefäßverschlüsse gibt es hier viele, weil die Leute dick sind und Diabetes haben. Nun hat Schwelck einen Gefäßchirurgen und breitet das überall aus: auf der

Homepage, im Kreisblatt, auf Patientenschulungen, die eigentlich Werbeveranstaltungen für Kliniken sind. Er sieht das Foto auf dem Titelblatt des Kreisanzeigers noch vor sich: der Gefäßchirurg in Weiß mit Findeisen und dem Bürgermeister als Väter des Erfolgs. Findeisen hatte da wieder diesen schlecht geschnittenen grauen Anzug an.
Doberer bräuchte einen Erfolg, einen wenigstens, für sich, mit Foto in der Zeitung. Eine Herzchirurgie wäre natürlich das Optimum. Das Herz. Am offenen Herzen, gibt es was Besseres? Neurochirurgie hat auch eine gute Außenwirkung, rechnet sich aber schlechter. Herz und Hirn sind das Allerheiligste. Das weiß Doberer schon lange. Der Einzige, der mitziehen würde, wäre Mickersen, der Kardiologe. Mickersen ist ein Erfolg. Ein Foto mit Mickersen, einem Herzchirurgen, ihm und dem Ministerpräsidenten, das wär's.
Mietz-Stallknecht klopft an. Sie tritt ins Zimmer, etwas weiter als sonst. Sie trägt einen Rock, aber blickdichte Stumpfhosen. Doberer versucht, ihr nicht ins Gesicht zu sehen, sondern knapp daneben. Sie sagt irgendwas, über irgendwelche Beschwerden von Angehörigen. Doberer hört sich sagen, sie soll das an Fender weitergeben und ihnen einen Termin in zwei bis drei Wochen geben, wie üblich. Bis dahin hat sich einiges von selbst erledigt. Fender ist der Mann vom Beschwerdemanagement, von dem hat er das Vorgehen übernommen.
Mickersen ruft an, er hat gerade einen Assistenzarztbewerber da, der wahrscheinlich wenig Alternativen habe, aber belastbar wirke. Doberer will alle Neuen kurz kennenlernen, das Familiäre im Haus betonen, freundlich sein, binden. Er sagt dann so etwas wie: „Wir aus der Geschäftsführung möchten jeden Bewerber gern persönlich kennenlernen."
„Jederzeit", sagt Doberer ins Telefon. Aber gleich unterschreiben lassen, wozu gibt es Probezeiten? Besonders

denen aus Berlin gleich einen Vertrag vorlegen, sonst kommen sie nicht, weil sie zu Hause dann merken, dass sie nicht in die Provinz wollen. Wenn sie hierherkommen und die Sonne scheint, ist es wie ein Ausflug. „Arbeiten, wo andere Urlaub machen", steht in den Stellenanzeigen. Und: „Bei der Wohnraumsuche sind wir gerne behilflich." Damit ist das Schwesternwohnheim gemeint. Wohnungen gibt es aber sowieso zur Genüge und Doberer kennt zwei Makler, die hier Wohnungen vermitteln. Und ganz unten steht in den Stellenanzeigen: „Alle weiterführenden Schulen sind vor Ort." Das stimmt so nicht. Aber es heißt: „vor Ort", das ist nicht angreifbar. Denn der Ort hier ist mehr als Punzlau. Da sind zum Beispiel noch Glamzau, Bräsig und Huckenwalde. Außerdem sind Schulen Berufseinsteigern egal. Aber einem Facharzt nicht und erst recht nicht einem Herzchirurgen. Der Wunsch nach einem Herzchirurgen ist so was wie die Mietz-Stallknecht-Fantasie, denkt er, ein immer wiederkehrender, quälender Gedanke.

Hagen sollte sich noch einmal im Sekretariat melden. Wo liegt das Sekretariat? Er tappt einen gekachelten Gang entlang. Das hier scheint das Kellergeschoss zu sein. Er schaut durch ein rundes Fenster in einer Doppeltür und sieht Frauen und Männer mit Haarnetzen und Gummihandschuhen Folie von dampfenden rechteckigen Kunststoffbehältern ziehen. Sie kippen den Inhalt der Schalen auf Teller. Eine Frau platziert Petersilie an den Tellerrand, eine weitere stülpt eine Glosche über jeden Teller und stellt ihn auf einen Servierwagen, auf dem „Pro Vita - Privatstation" steht. Durch den Milchglasausschnitt einer Tür schimmert Tageslicht. Hagen drückt die Tür auf. Auf einem Bänkchen dahinter sitzen vier Frauen in weinroten Kasacks im Freien und rauchen.

Krankenschwestern. Sie starren Hagen stumm an.
„Ich habe mich verlaufen. Wo finde ich denn das Chefarztsekretariat?", fragt Hagen.
„Köcher, Wulke, Knabbe oder Mickersen?"
„Mickersen."
„Dann bist du der Bewerber, was? Dritte links, dann rechts."
Sie wünschen ihm Glück und saugen an ihren Zigaretten. Die Filter der Zigaretten tragen rosa Ringe aus Lippenstift. Die Münder der Krankenschwestern sind leicht geöffnet. Sie lächeln im Kollektiv, ihre Zähne sind schön. Eine hebt die Schwesternhand und winkt. „Viel Glück!", sagt sie.
Hagen lächelt, tritt zurück in den Gang und bleibt einen Moment stehen. Er wird hier unterschreiben. Er wird in Punzlau bleiben, Zukunft, zack, zack.

Mickersen sagt: „Glückwunsch zu dieser Entscheidung!", und führt ihn zum Geschäftsführer am Ende des Flurs. Die Tür zum Geschäftsführer steht offen und der Geschäftsführer sagt: „Diese Tür steht immer offen." Er ist groß und seine Schultern sind ein wenig nach vorn gekippt. Er trägt einen blauen Anzug und braune Schuhe. Das Hemd ist weiß. Eine Farbe, die ihm nicht gut steht. Er kommt hinter seinem Schreibtisch hervor und schüttelt Hagens Hand kräftiger, als man vermutet hätte. Er sagt, dass er Hagen einschwören möchte auf einen Überlebenskampf, der Spaß mache. Es gehe vorrangig um Krankheit gegen Patient, aber auch um Krankenkasse gegen Dubio-Kliniken. Und wenn man aufseiten der Patienten stehe, dann stehe man auch aufseiten der Klinik, das wolle er Hagen gleich mit auf den Weg geben.
„Stichwort Grenzverweildauer", sagt Hagen.
Sein Gegenüber hält einen Moment inne. „Sie begreifen

schnell", sagt er dann und blickt zu Mickersen. Und Hagen würde sehen, es müsse nicht immer Berlin sein. Seine Karriere könne hier schneller Fahrt aufnehmen als in irgendeiner Großstadt.
„Wir beide jedenfalls", sagt der Geschäftsführer und weist mit der offenen Handfläche auf Mickersen, „haben unsere Wahl bewusst getroffen und nie bereut."
Mickersen bleibt ungerührt. Dann schaut die Sekretärin herein und kündigt einen Termin an. Hagen wundert sich, dass sie nur ihren Kopf im Türspalt zeigt. Ihr Körper bleibt im Nebenraum.

Es ist Hagens erster Arbeitstag. Er wohnt jetzt im Schwesternwohnheim, das „Personalwohnheim" heißt. Nichts soll ihn ablenken.
Hagen stellt sich überall vor, meistens mit Vornamen, manchmal mit Nachnamen, wie er sich gerade so fühlt. Aber wen duzt man hier? Er fragt Fenyak. Der rät zum Siezen, vor allem die Pflegekräfte. Ihn könne er duzen, Fenyak, kurzes Nicken seinerseits, dann ist er weg.
„Burbeis, ich bin der neue Assistenzarzt", sagt Hagen überall.
„Aha", sagt einer. „Thölke. Patient aus Zimmer 212."
Auf welcher Station er denn arbeite, fragen viele. „Innere Medizin, bei Mickersen", sagt er dann. Nach der Antwort schauen sie ihn an, als hätte er auf der Titanic eingecheckt. Die Station hat dreißig Betten. Er arbeitet mit Fenyak zusammen. Oberärztin ist eine Frau von Harderer. Als Fenyak ihren Namen ausspricht, tut sich in seinem Gesicht gar nichts. Wie mit einer Burka. Fenyak sagt, dass Hagen erst mal acht Patienten übernehmen soll. Das sei Maximum für die erste Woche, dann würden sie steigern. Ihr gemeinsames Arztzimmer ist ein altes Patientenzimmer hinten auf dem Flur. Sauerstoffanschlüsse ragen aus der Wand. Überfüllte

Ablagefächer. Im Regal liegen und stehen Ordner, unbeschriftet. Auf einem steht „Harvard-Heidelberg-Achse". Hagen nimmt ihn aus dem Regal. Er ist leer.

„Alter Ordner von Mickersen", sagt Fenyak.

„Auf der Website steht, Mickersen hat einen H-Faktor von 6. Was heißt das?"

„Hirschfaktor. Ist so was wie PS bei Medizinern. Am besten, du fragst ihn selbst, dann freut er sich."

Oben auf dem Regal steht eine Flasche. „Wodka", steht auf dem Etikett. Sie ist zur Hälfte gefüllt mit einer gelbbraunen Flüssigkeit. Fenyak sagt, er habe keine Ahnung, was da drin sei und wem die Flasche gehöre, aber vor zwei Wochen sei sie noch voll gewesen und der Inhalt farblos. Der Blick fällt auf die fröhlich knatternden Fahnen vor dem Haupteingang. Fenyak zeigt Hagen ein paar Sachen auf dem Computer. Man kann auf einer Benutzeroberfläche zum Beispiel Patienten von der Notaufnahme in die Zimmer verschieben.

„Und wenn sie tot sind", sagt Fenyak, „einfach löschen." Er haut auf die Escape-Taste und macht sein Burka-Gesicht. Dann sieht er Hagen an und hebt den Zeigefinger.

„Jetzt", sagt er, „kommt das Allerwichtigste, Allerheiligste."

Seine Augen ruhen auf Hagen. Mit leisen, flinken Bewegungen klickt er auf einen Patientennamen, scrollt und positioniert den Cursor auf ein Icon, das ein stilisiertes Krankenhaus darstellt. Er schiebt die Maus zu Hagen.

„Klicken", sagt er.

Hagen tut es. Das Bild zeigt eine Zeitleiste mit einem teilweise grün eingefärbten Balken. Am Ende des Balkens steht eine Sechs.

„Das", sagt Fenyak, „ist wichtiger als Blutdruck, Puls und Atemfrequenz zusammen. Wichtiger als alle Laborwerte. Was ist es?"

Hagen weiß es nicht.
„Es ist die Aufenthaltsdauer des Patienten. Die kleinen Querbalken hier zeigen einen Toleranzbereich an. Bei diesem Patienten mit diesen Diagnosen beträgt er drei bis neun Tage. Im Toleranzbereich ist der Balken grün. Sobald der Toleranzbereich überschritten wird, färbt sich der Balken orange, und später rot. Bei Orange erhältst du einen Anruf vom Controlling. Bei Rot einen zweiten, manchmal auch direkt von Doberer. Wenn du mehr als zehn rote Balken im Monat hast, gibt es ein Gespräch. Und jetzt ein kleiner Test." Fenyak markiert einen anderen Patienten auf dem Bildschirm. „Wann muss dieser Patient entlassen werden?"
„Spätestens in drei Tagen", sagt Hagen.
„Sehr gut. Wenn er in drei Tagen noch zu krank ist, was machst du dann?"
„Die Krankenkasse anrufen?", fragt Hagen.
„Prinzipiell eine gute Idee. Das tun die Angehörigen manchmal. Die Kasse sagt dann: ‚Selbstverständlich kann Ihr Mann im Krankenhaus bleiben, wenn er krank ist.' Aber der Nachteil ist: Sie zahlen dann nicht weiter. Andere Idee?"
„In ein anderes Krankenhaus verlegen?"
„Du wirst es weit bringen", sagt Fenyak. „Klar kannst du verlegen. Aber nur zum Feind, nach Schwelck. Oder, wenn er über siebzig ist, in die Geriatrie nach Rodwalde. Bloß nie innerhalb der eigenen Krankenhauskette. Aber Schwelck wird nachfragen. Und Schwelck wird ablehnen. Du könntest natürlich blutig entlassen und empfehlen, falls es zu Hause nicht geht, sollen sie ihn wieder einweisen lassen, in Schwelck. Aber die Notaufnahme in Schwelck wird ihn zu uns schicken, mit dem Argument, dass ja alle Unterlagen hier sind. Noch eine andere Möglichkeit?"
Hagen fällt nichts mehr ein.
„Wenn du neue Diagnosen findest und den Computer

damit fütterst, rückt der Toleranzbereich nach rechts und der Balken färbt sich wieder grün. Also Diagnostik. Meist findet man was. Ansonsten gibt es auch noch andere Methoden. Zeig ich dir später, wir müssen jetzt loslegen."
Ob es Oberarzt- und Chefarztvisiten gebe, will Hagen noch wissen. Einmal pro Woche sei Oberarztvisite. Die Chefvisite sei ausgestorben, sagt Fenyak.
„Chefs wissen wenig", sagt er. „Sie haben im Labor für ihre Habilitation gearbeitet und danach nur noch Bücher wie ‚Chefarzt: Traumjob oder Albtraum?' gelesen. Frag sie nach den ein oder zwei Gebieten, in denen sie sich auskennen, das ist gut. Gut für den Chef, gut für die Stimmung – also gut für dich."
Das sind lange Sätze für Fenyak. Er ist dabei aufgestanden und verlässt nach dem letzten Wort das Arztzimmer.

Hagen wird jetzt eine Visite machen. Seine erste Visite allein. Fenyak hat gesagt, in acht Wochen komme der erste Nachtdienst auf ihn zu. Bis dahin müsse er das Wichtigste draufhaben, denn nachts gebe es nur noch den Chirurgen, und der brauche Rat von ihm, Hagen, sobald er den OP verlasse.
Hagen zieht los zu den Betten, in denen sie liegen, die Schicksale. Mit einem Visitenwagen mit Bildschirm und einem Telefon in der Brusttasche. Er hat keine Ahnung, was das Wichtigste hier ist. Acht Wochen Zeit.
Der erste Patient ist wegen Luftnot hier. Er hat keine Nase mehr, deshalb kann sich Hagen nicht auf die Luftnot konzentrieren. Er muss immer wieder auf das Loch im Gesicht schauen. Auf der Nase wuchs ein Plattenepithelkarzinom. Man hat das Karzinom und damit die Nase Stück für Stück weggenommen, das Karzinom wuchs nach jeder Operation nach, das war in Regensburg. Steht so in der Akte. Jetzt sitzt ein

Metallkreuz auf der Nasenöffnung, wie ein Fensterkreuz, man sieht auf die Nasenmuscheln, die rot aus der Tiefe leuchten. Macht eine fehlende Nase Luftnot? Der Mann hat eine Atemfrequenz von achtundzwanzig pro Minute, und alles muss durch das Fensterkreuz. Der Mann hat bemerkt, dass Hagen auf die fehlende Nase starrt.

„Die Leute glotzen immer auf das, was fehlt", sagt der Mann, „ob das ein Knopf ist oder eine Nase. Aber ich lass das so", sagt er, „hab mich dran gewöhnt. Ich brauch keine Kunstnase." Dabei schnauft er, das Sprechen fällt ihm schwer.

Hagen horcht ihn ab, er ist froh, wenn er etwas tun kann, das er kennt. Die Lunge giemt und brummt beim Atmen. Morgens nach der ersten Zigarette komme der Schleim hoch, tassenweise. Von der Notaufnahme scheint schon alles angesetzt: Inhalationen, Prednison, Antibiotika. Hagen fällt nichts ein, was er ändern könnte. Die Entzündungswerte sind stark erhöht.

„Ich will nach Hause", sagt der Mann ohne Nase.

„Sie sind doch gerade erst gekommen", sagt Hagen.

„Es reicht schon", sagt der Mann, „geht schon wieder."

Aber Hagen sagt, dass das so nicht geht.

„Ich brauch dich nicht", sagt der Mann ohne Nase. „Brauche keine Nase und keinen Arzt."

Er nimmt eine Plastiktüte aus seinem Nachtschrank und legt seinen Kamm hinein und sein Sudoku-Heft. Dann bleibt er erschöpft auf der Bettkante sitzen. „Okay", sagt er, „aber spätestens morgen."

Als Hagen aus dem Zimmer gehen will, sagt der Mann: „Wissen Sie, woraus die mir eine neue Nase machen wollten? Aus Ohrknorpel. Und mit Haut aus der Leiste. Dann wachsen mir Schamhaare aus der Nase."

Hagen muss auf den Balken im Computer sehen. Morgen Entlassung wäre zu früh. Er muss den Mann bis zur unteren Grenzverweildauer hierbehalten.

„Wir sprechen morgen noch mal", sagt er zu dem Mann

ohne Nase. Der hält die Augen geschlossen und atmet. Der Bettnachbar sagt nichts. Er hat die Decke bis zum Mund hochgezogen und starrt abwechselnd auf die amputierte Nase und in Hagens Gesicht. Der Mann hat Lymphknoten am Hals, groß wie Tennisbälle. Hagen fasst an die Schwellungen. So was hat er im Studium nie getastet. Auch in den Achselhöhlen und in den Leisten des Mannes wachsen diese Pakete von gummiartiger Konsistenz. Ob das schlimm sei, will der Mann wissen.
„Also", sagt Hagen, „vielleicht." Die feingewebliche Untersuchung stehe noch aus.
„Die Histologie meinen Sie?", sagt der Mann.
Hagen sucht in den Unterlagen und auf dem Bildschirm. „Verdacht auf Lymphom", steht auf dem Deckblatt. Der Mann ist vor vier Tagen gekommen. Hagen weiß nicht, wo was gespeichert ist. Muss der Mann verlegt werden? Der muss doch in eine Onkologie, in ein größeres Krankenhaus. Andererseits ist der Balken noch orange, die mittlere Grenzverweildauer nicht erreicht, er sollte bleiben. Hagen muss die Visite weitermachen, er soll bis elf Uhr durch sein, hat Fenyak gesagt, sonst schafft er den Rest nicht.
„Ich rufe in der Pathologie an", sagt Hagen zu dem Mann, der die Decke wieder bis zum Kinn hochgezogen hat.
Hagen hat nur acht Patienten zu versorgen, das muss machbar sein. Fenyak versorgt zweiundzwanzig und hilft außerdem in der Notaufnahme. Im nächsten Zimmer liegen drei Frauen. Eine junge Bürokraft mit Herzrasen, eine fünfzigjährige Lageristin mit plötzlichem Bewusstseinsverlust und eine Achtzigjährige mit Gewichtsabnahme. Hagen ordnet EKG, Langzeit-EKG, Langzeitblutdruckmessungen, Echokardiografien und Kipptischtest an, für die Dritte ausgedehntere Laboruntersuchungen, Röntgen Thorax, Sonografie Abdomen, ggf. Gastroskopie, Koloskopie und so weiter.

Hagen schreibt Listen: eine Liste der Patienten mit Diagnosen, eine Liste mit To-dos, eine mit Telefonnummern, eine mit Fragen und eine mit Fragen, die er sich nicht mehr zu stellen traut, Stoff aus dem Studium, Grundlagen, die er vergessen hat. Die letzte Liste ist am längsten. Er kritzelt etwas hierhin und dorthin. Er macht, was er bisher verachtet hat, er benutzt einen Textmarker, wie die glatthäutigen Kommilitoninnen in den Vorlesungen damals.

Im Einzelzimmer liegt Herr Dirk Gleitner. Der Dicke Dirk, die Schwestern kennen ihn. Vierzig Jahre alt. Er liegt in einem Spezialbett, und sollte er die Klinik wieder verlassen, muss das mit einem Spezialtransport geschehen. Er wiegt einhundertzweiundachtzig Kilogramm. Er hat epileptische Anfälle und ist so dick, dass er nachts aufhört zu atmen. Obesitas-Hypoventilationssyndrom heißt das. Die Antiepileptika verstärken die nächtliche Atemstörung. Seine Knie sind so arthrotisch wie die eines Achtzigjährigen, weil sie zusammengerechnet so viel Gewicht getragen haben wie die eines Achtzigjährigen. Frau von Harderer versucht, seine nächtliche Beatmung anzupassen, und Renk van Noergelen, der Neurologe, versucht, die Dosis der Antiepileptika zu reduzieren. Manchmal kriegt Herr Gleitner dann einen Anfall, er zappelt und wird blau. Er bräuchte neue Knie, aber niemand operiert ihn, weil seine Knie so tief im Fleisch verborgen sind wie sein Penis. Herr Gleitner kann sich im Bett aufsetzen, das Spezialbett drückt seinen Oberkörper nach oben. Gleitner hört Hagen nicht, weil er riesige Kopfhörer aufhat. Musik ist sein Hobby. Er blinzelt, sieht Hagen und hebt die Hand zum Gruß. Es gibt nichts zu besprechen, hat Fenyak zu Hagen gesagt. Gleitner könnte längst zu Hause sein, nur muss die Krankenkasse den Spezialtransport genehmigen, was ziemlich lange dauern kann. Aber die Kasse zahlt nicht, wenn es medizinisch nichts mehr zu

tun gibt. Herr Gleitner ist eine Last.
Im nächsten Zimmer liegen zwei alte Frauen. Eine der beiden ist abgemagert und hat vierzehn Diagnosen. Die Auflistung passt nicht auf das Deckblatt ihrer Akte. Vor Kurzem ist ein Bronchialkarzinom dazugekommen. Die letzten zehn Jahre hat die Frau mit nur einem Bein verbracht, weil die Arterien des anderen verschlossen waren und man amputieren musste. Die Haut des erhaltenen Beins ist weiß-rot marmoriert, der Fuß ist lila, die Großzehe schwarz. Der Stumpf macht unnütze Bewegungen, wenn die Patientin gelagert wird. Zu Beginn der Anamnese offene Fragen stellen, hieß es im Studium.
„Wie geht es Ihnen?", fragt er.
Die Frau schaut durch ihn hindurch, sie spricht nicht, sie grimassiert. Vielleicht hat sie zu viele Schmerzmittel und ist deshalb so, vielleicht hat sie zu wenige.
Das Bett daneben ist zerwühlt. Da müsste eigentlich Frau Langer liegen. Hagen findet sie neben der Toilette sitzend. Ihr Kopf ist blutig. Sie ist bei Bewusstsein, sie stammelt etwas. Hagen trägt sie mit Schwester Katrin aufs Bett. Die Frau steht dreimal am Tag auf und fällt. Wenn man die Beine der Patientin bewegt, schreit sie Aua, auch bei den Armen, beim Beklopfen des Rückens, bei der Untersuchung des Schädels.
„Gib ihr mal was", sagt Katrin, „aber was Richtiges."
Katrin hat behaarte Unterarme. Das letzte Zimmer ist leer, die Betten warten auf Neuaufnahmen. Für Frau Langer meldet Hagen Röntgen des Beckens und der Oberschenkel an und eine Computertomografie des Schädels. Wenn sie jetzt einen Brustwirbelkörper gebrochen hat, übersieht er das.
Aus der Notaufnahme trifft eine weitere Frau ein. Sie heißt Müller.
„Mülleralarm", sagt Pfleger Richie. Vor zwei Jahren sei ein falscher Müller am Knie operiert worden. Nur

Meniskus, endoskopisch, war nicht schlimm, hat keiner gemerkt.
„Also", sagt Richie, „Vorsicht bei Müllers und Schmidts."
Fenyak sagt, er könne Hagen unter die Arme greifen, Hagen sei eine Stunde hinter Plan. Sie hätten insgesamt vier Neuaufnahmen. Eine Schwester fragt, ob der Mann ohne Nase jetzt nach Hause gehen könne, dann bräuchte er einen Arztbrief. Die Histologie des zweiten Mannes ist fertig, sie zeigt ein hochmalignes Non-Hodkin-Lymphom. Fenyak sagt, nach Schwelck verlegen, aber es Mickersen nicht merken lassen, Mickersen will, dass wir die Chemotherapie selbst machen, „*Oncology goes Punzlau*", sei die Devise.
„Das Haus braucht die Zahlen für eine Zertifizierung in onkologischer Chirurgie", sagt Fenyak. „Jeder will alles machen, kann es aber nicht."
Bei der Frau mit dem schwarzen Zeh sagt er: „Morphine."
Hagen nutzt seine Medikamentenapp. Unter der Überschrift „Morphine" werden genannt: Capros, Dipidolor, Durogesic, Fentanyl, Jurnista, Morphin, Oxycodon, Palexia, Palladon, Targin, Tilidin und Tramaldol. Namen wie aus einer fremden Galaxie. Die Hausapotheke führt fünf davon, das macht es einfacher.
„Geld", sagt Fenyak, „macht es noch einfacher. Das ist ein Spruch von Doberer. Wir nehmen Morphin. Ganz klassisch."
Angehörige des Lymphknotenmannes wollen ihn persönlich sprechen und belagern das Arztzimmer. Sie sind zu dritt. Schwester Katrin ruft, die Frau aus Zimmer zweihundertzehn habe wieder Herzrasen. Die Frau atmet schnell, ist blass, ihr Puls ist bei hundert pro Minute und rhythmisch, immerhin. Die Frauen vom EKG sind woanders unterwegs oder Mittag essen, hört Hagen am Telefon. Er braucht ein EKG, jetzt sofort. Fenyak prescht über den Gang. Wenn Hagen ihn etwas fragen will, muss er ein Stück neben ihm her rennen. Fenyak liefert ihm

dann Antworten, die Hagen auf einen weiteren Zettel kritzelt. Sein Listenkonzept ist durcheinandergeraten. Fenyak bestellt ein Notfall-EKG auf Lebensgefahr. Sie sehen sich die dünne schwarze Linie auf dem rosa Papier an.

„Was siehst du?", fragt Fenyak.

Hagen zögert. Zu lange. Fenyak schließt die Frau an einen fahrbaren Monitor an und sagt ihr, dass man jetzt wisse, was ihre fehle. Man würde ihr gleich zwei Spritzen geben, erst eine kurze Betäubung und dann eine, die den Rhythmus des Herzes mit hoher Wahrscheinlichkeit wiederherstelle. Das mit der hohen Wahrscheinlichkeit sagt er etwas vernuschelt. Hagen gibt die erste Spritze, Propofol, eine milchige Flüssigkeit, nach der man kurz gähnt und dann wegtritt, aber weiteratmet, ein fantastisches Zeug, findet Fenyak.

„Mal selbst probiert?", fragt Hagen.

Wenn er an so was Interesse habe, solle er mit Sartin Kontakt aufnehmen. Sartin Rasim. „Wirst du noch kennenlernen", sagt Fenyak.

„Jetzt wird es aufregend", sagt er dann und beide starren auf den Monitor. Ein paar Pflegekräfte haben sich dazugesellt. Nach zwanzig Sekunden brechen die Zacken der Herzaktion auf dem Monitor ab, Nulllinie. Dann erhebt sich aus dieser Ebene plötzlich wieder ein Ausschlag, dann ein runder Ton, rein, normofrequent und rhythmisch, einer pro Sekunde, tak-tak-tak.

„Schönes Geräusch", sagt Fenyak. „Wie auf dem Tennisplatz."

Doberer hat diese Angewohnheit. Eine Meditation könnte man sagen, sollte jemals jemand davon erfahren. Soll aber niemand. Die Angewohnheit taucht auf, sobald er die Tür einer Toilette abgeschlossen und den Klodeckel leise an den Spülkasten gelehnt hat, sobald er

die Gürtelschnalle lockert und die Hose der Schwerkraft folgt. Dann, wenn er sitzt, will dieser Satz aus ihm heraus: „Du bist der Doberer. Du bist der Geschäftsführer. Du schaffst das." Meist sind die Sätze nur in seinem Geist, manchmal murmelt er sie aber auch. Einmal waren sie draußen zu hören. Ob alles in Ordnung sei, hat seine Frau vom Sofa im Nebenraum gefragt. Sie hört gut. Das Gehör ist bei ihr überhaupt nicht eingeschränkt. Er muss van Noergelen mal fragen, ob die Krankheit das Hören grundsätzlich verschont.
Doberer sagt diese drei Sätze, seine Meditation, immer drei Mal hintereinander. Das hat er sich so angewöhnt. Dazu ballt er die Fäuste, die auf dem Oberschenkel liegen, und nimmt das Kinn auf die Brust. Nach dem Sprechen verharrt er so für einen Moment. Dann entspannt er sich, ganz bewusst, und lässt das Vegetativum übernehmen.

Um halb eins ist Mittagessen.
„Egal was ist, egal was kommt. Wie in der Verwaltung", sagt Fenyak.
Hagen will weitermachen, der Nasenmann muss nach Hause, und er braucht einen Plan für den Lymphommann, aber Fenyak lässt nicht locker. Das Mittagsessen sei der Höhepunkt des Tages. Sie gehen zu einem Seitenausgang des Hauses 2. Frau Langer wackelt ihnen entgegen. Fenyak nimmt sie an den Armen und setzt sie vorsichtig auf einen Wäschesack.
„Aus dieser Höhe allein aufstehen kann sie nicht", sagt er und zieht Hagen in Richtung Kantine.
Die Kantine liegt im neuen Klinikteil. Fenyak nimmt den Weg vom Seitenausgang über den Innenhof an der Notaufnahme vorbei. Draußen geht leichter Regen nieder, alle huschen gebückt über die Verbindungswege zwischen den Häusern. Wenn man nicht durch den Keller gehen will, muss man nach draußen.

„Klimatherapie", sagt Fenyak.
In der Kantine stehen zwei Dutzend Tische, besetzt mit Weißkitteln, Kasacks und Zivil. Mütter mit frischen Babys, gegenseitig über fahrbare Krippen gebeugt. Drainagebeutel auf Hüfthöhe, wie Handtaschen. Fenyak steuert auf einen Ecktisch zu.
„Hier", sagt er, „der Internistenstammtisch."
„Dritter Mittwoch des Monats. Menü eins: Korsische Kartoffelpfanne, zwei: Bohneneintopf oder drei: Putengeschnetzeltes", sagt einer, der Niko heißt, kleine Zähne und eine kleine Brille hat. Er kann alle Wochengerichte auswendig, man kann ihn vormittags anrufen, wenn man wissen will, was zum Mittagessen angeboten wird. Die Gerichte wiederholen sich im Vierwochenrhythmus.
Hagen geht mit Fenyak zur Essensausgabe. Ein Chirurg vor ihnen nimmt zwei Teller Eintopf. Einer von der Verwaltung holt Kaffee für den ganzen Tisch. Sekretärinnen essen Salat. Hagen nimmt die Kartoffelpfanne, isst und betrachtet die Kollegen. Niko ist seit drei Monaten hier, kommt aus Halle, hat in Halle studiert und möchte baldmöglichst zurück nach Halle. Daneben sitzt Anja. „Dr. univ. A. Stürr", steht auf ihrem Namensschild. Den Titel gäbe es in Österreich nach dem Studium einfach dazu, als Goodie. Den Dialekt auch. Sie hat schöne Zähne. Kantig und stark zu dem zarten Gesicht. Hagen möchte nach Österreich. Neben Hagen sitzt Sartin. Sein Händedruck ist weich. Dann wendet er sich wieder seiner Paste zu, die er aus einer Tupperdose löffelt, dazu beißt er von einem Fladenbrot ab. Er schließt den Mund nicht ganz beim Kauen, hält den Oberkörper geduckt. Selten schlägt er die Augen auf, mit den schwarzen Wimpern, und lässt den Blick in der Runde kreisen. Ein lauerndes Tier.
Niko spricht über Halle. Jetzt wird es einen Moment leiser an den Tischen. Eine Frau tritt durch die Schiebetür der Kantine, das Tablett balancierend. Sie sieht sich um,

sieht die Gruppe um Niko und winkt wie in der Werbung und doch ganz anders, weil ohne Werbung.
„Das", sagt Niko und hält einen Moment wie ein Zirkusdirektor inne, „ist Philomena." Philomena gibt Hagen die Hand und lässt sich auf ihren Stuhl gleiten. Die Hand, die Hagen da kurz schütteln darf, ist so zart wie Babyfußsohlen. Philomena hat nur Beilagen auf dem Teller und einen Salat. Aber sie sticht mit der Gabel beherzt zu und kaut mit großer Geste. Sie leckt sich die Finger mit einer Katzenzunge, und ihre Augen springen hin und her. Immer wieder bleiben sie an Hagens Augen hängen. Und Hagen schaut zurück auf dieses Wesen, auf das Spiel ihrer Zunge, dieses zarte Geflecht der Musculi genio, hyo- und palatoglossi. Er schaut auf das Farbenspiel ihrer grünen Iris an schwarzen weiten Pupillen. Schwarze Löcher, die alles aufsaugen wie ihre Verwandten im Weltall. Hagen starrt Philomena an und spürt einen Widerstand beim Atmen.
„Hagen, wir müssen", sagt Fenyak. Er steht bereits hinter ihm, die Füße schräg voreinander wie am Startblock.
„An deinem Kantinentempo müssen wir arbeiten", sagt er, als sie den Raum verlassen.
„Diese Philomena ...", sagt Hagen.
„Ich weiß", sagt Fenyak, „vergiss es."

An den Abenden der ersten Wochen sitzt Hagen auf dem Wohnheimsofa und versucht, seine Listen zu ordnen, er trinkt Bier und onaniert zwischendurch ein bisschen. Auch nach dem Onanieren denkt er immer noch an Philomena. Ein gutes Zeichen, findet er. Er nennt das „digitale Subtraktionsmethode". Es kommt aus der Radiologie: Alle unwichtigen Bildelemente werden abgezogen, übrig bleibt das, was wichtig ist. Bei Hagens Subtraktionsmethode ist das genauso: Reine Geilheit wird entkräftet. Was zurückbleibt, hat langfristigen Wert.

Philomena hat diesen Aus-gutem-Hause-Gesichtsausdruck, trägt aber die oberen drei Knöpfe ihres Poloshirts offen. Und während sie sich zum Salat hinabbeugt, sieht man lateral der costosternalen Gelenke sanfte Steigungen, deren Gipfel unter der Mischfaser der weißen Kliniksgarderobe verborgen bleiben wie die Gipfel des Himalaya unter Schnee.

Doberer befindet sich auf dem Weg ins Industrieviertel. Er hat nicht schon wieder dorthin gewollt, zweimal die Woche ist zu viel, moralisch, aber auch finanziell, denkt er, obwohl er weiß, dass das nicht stimmt. Aber sein Auto ist einfach dort abgebogen. Man muss sich verzeihen, denkt er. Er ist inzwischen weniger aufgeregt, er weiß, wo er parken kann, ohne dass man seinen Wagen sieht. Er genießt den Geruch, der ihn hinter der Eingangstür empfängt, hört das weiche „Hello!" vom Treppenabsatz. Im Eingangsbereich ist ein kleiner Altar auf einem Tischchen aufgebaut, mit gelber Tischdecke. Es liegen zwei Mandarinen darauf, eine Vase steht da mit zwei Rosen, ein Glas Saft und ein Schälchen Sand mit einem Räucherstäbchen. Doberer könnte zartweißen Rauch aufsteigen sehen, wenn er einen Moment innehielte, aber er bewegt sich hastig, nimmt zwei Treppenstufen auf einmal. Der Rauch verwirbelt. Vielleicht nimmt er sich Zeit für einen ruhigen Moment vor dem Tischchen, wenn er wieder geht. Hinter dem Altar steht ein Kühlschrank vor einem Vorhang. Ein Besen und ein Wischmopp ragen unter dem Vorhang hervor. Heute sind nur zwei Frauen da. Er kennt die Frau auf der Treppe, eine ältere, die, wenn er sich recht erinnert, gut massiert, wie die meisten älteren. Sie zupft an ihrem T-Shirt-Kleid. Daneben steht eine neue Frau. Sie ist jung, ganz jung. Azubi, muss Doberer denken. Sie hält ihr Smartphone in der Linken und lächelte ihn

asymmetrisch an. Er hält das für Unerfahrenheit. Er merkt, wie ihn das anzieht. Er möchte liebevoll sein, väterlich. Sie verwöhnen, Trinkgeld geben. Er zeigt auf die junge Frau. Die Ältere wendet sich ab, sie hat damit gerechnet. Er ist für einen Moment allein mit der Jungen, die auf ihr Smartphone schaut.
„Trinken?", fragt sie, ohne aufzusehen.
Doberer verneint. Vielleicht ist sie von irgendwoher geflohen, war da nicht was mit Myanmar? Sie scheint alle Gepflogenheiten zu kennen, führt ihn ins Zimmer und bringt ihm ein Mineralwasser. Sie lässt ihn duschen, sagt nicht viel, lächelt. Das Smartphone irritiert Doberer.
„Are you taking pictures?"
„Just checking", sagt sie.
„Are you sure you want to do a massage?"
„Why not. I need to work."
"How old are you?"
"Nineteen", sagt sie, "I look younger."
Sie legt das Smartphone auf den kleinen Bambustisch neben Doberers Brille. Sie reibt Doberer mit Öl ein. Dabei hält sie sich lange an seinen Beinen auf, findet er, zu lange. Immer wieder die gleichen Bewegungen. Sie ist fahrig. Sie tastet nicht, sie schmiert ihn mit Öl ein wie eine Fahrradkette, mehr macht sie nicht. Dann gleiten ihre Fingernägel die Innenseite seiner Oberschenkel hinauf und hinunter und sie spielt an seinem Damm herum.
„Mmmmmh", macht sie mechanisch. Er soll sich umdrehen. Er sieht, dass erst zwanzig Minuten vorbei sind. Sonst lassen sie dich erst nach vierzig Minuten umdrehen, denkt Doberer.
Sie zieht sich aus. Nackt bewegt sie sich genauso wie bekleidet. Schamlos, denkt Doberer, während er sich auf dem Rücken zurechtlegt. Sein Schwanz ist weich wie eine Molluske. Sie kniet zwischen seinen Beinen und reibt den Schwanz mit einer Extraportion Öl ein. Sie ist

schöner als die anderen hier. Sie schmiert das Öl auf ihn, um sich zu schützen. Sie ist zu schön für Punzlau. Welches Strafmaß gibt es für Sex mit Minderjährigen? Aber das ist kein Sex.

Sie unterbricht. „Just a second", sagt sie, schlingt sich ein Handtuch um, nimmt ihr Smartphone und verschwindet vor die Tür, lautlos. Sie passt durch einen winzigen Türspalt. Doberer macht an seinem Schwanz herum. Das vertreibt die Schlagzeilen in seinem Kopf. Er hört ein Thai-Lachen vor der Tür. Sie kommt wieder. Legt das Smartphone ab und nimmt sein Geschlechtsteil in die Hand.

„Sorry", sagt sie. Sie sagt es nicht zu Doberer, sie sieht ihn nicht an, sie sagt es zu seinem Schwanz wie zu einer Kasperpuppe. Dann nimmt sie sich seiner an, nimmt seine rechte Hand und legt sie auf ihre Brust.

„Just relax." Sie lächelt.

Doberers Gedanken kreisen, mental ist er weit weg, aber sein Schwanz folgt irgendwann der Mechanik, wird ein wenig dick und entlässt am Ende ein paar Tropfen Sperma, bevor er schnell erschlafft.

„Another shower?"

Doberer nickt, während er sich abwischt. Er sieht auf die Uhr. Von den bezahlten sechzig Minuten sind erst achtunddreißig vorbei. Doberer duscht und reibt sich mit dem Handtuch ab. Er wird in die Klinik fahren. Er wird seine Wut in Arbeit umsetzen, sich disziplinieren. Er will hier nicht mehr herfahren. Er will Respekt. Er sollte etwas mit seiner Frau unternehmen, einen Ausflug vielleicht.

Jeden Tag um vier kommt Frau von Harderer auf die Station. Heute lehnt sie im Türrahmen eines Patientenzimmers, wo Hagen versucht, einer Patientin einen venösen Zugang zu legen. Fenyak sagt, man nenne sie

„die Harderer" wie früher große Frauen des Films, die Dietrich oder die Knef. Sartin sagen diese Namen nichts. Hagen auch nicht. „Ahh so", sagt er.
Er hat bei dem Versuch, einen Zugang zu legen, zweimal daneben gestochen. Fenyak hat keine Zeit ihm zu helfen. „Damit gibt es sonst nie Probleme", sagt die Patientin und meint damit, dass Hagen ein Versager ist. Trotzig hält sie weiter den Arm gestreckt. Die Vene schlängelt sich da unten, braunblau wie ein Arm des Orinoco. Die Harderer sieht Hagen dabei zu.
„Wie waren Ihre ersten Tage?", fragt sie.
„Danke, gut", sagt Hagen und sticht erneut. Die Vene platzt, ein kleiner blauer Hügel hebt die Haut. Hagen hasst es, wenn ihm eine Frau beim Versagen zusieht. Die Harderer tritt näher und nimmt einen Stauschlauch aus der roten Kunststoffkiste. Sie räumt den Müll weg, den Hagen auf dem Patientenbett verteilt hat. Sie sucht nach geeigneten Venen, lächelt der Patientin zu und streicht ihr über die Haut. Ihre Fingernägel sind kurzgehalten und unlackiert. Ringe und Uhren sind im Dienst nicht erlaubt und die Harderer hält sich daran. In ihrem Beruf, in ihrem weißen Kittel ist sie geschlechtslos, denkt Hagen.
An den Armen seien keine geeigneten Venen, sagt sie dann. Hagen wird ruhiger. Er ist froh, dass auch sie keine Vene findet. Die Harderer schlägt die Decke über der Patientin zurück und schaut auf die Beine der Frau. Beine und Knöchel und Füße sind dick, rund und rot, wie bei vielen Patienten hier in der Gegend.
„Früher hatte ich schlanke Beine", sagt die Frau. Sie schämt sich. Sie ist ein Objekt mit venenlosen dicken Extremitäten. Ihre Venen transportieren das Blut tief unten im Fleisch lichtgeschützt zurück zum Herz, das es wieder in die Peripherie jagt, immer und immer so fort, denkt Hagen. Er hat vergessen, wie die Patientin im Gesicht aussieht, und schaut nach oben. Auch dort ist sie dick, rund und rot. Ihre Augen springen zwischen der

Harderer und Hagen hin und her. Hagen soll es mit der Vene auf dem Fußrücken versuchen, sagt die Haderer. Er nimmt eine kleine blaue Venüle in die rechte Hand und hält mit der linken die Zehen fest. Die Harderer hält das Bein am Knie.
„Es pikst jetzt mal", sagt Hagen, nachdem er zugestochen hat.
Die Frau schreit und hält sich den Unterarm vor die Stirn wie eine Opernsängerin. Hagen versucht, das Venchen mit der Venüle aufzufädeln. Ein Schweißtropfen fällt von seiner Schläfe in die Stoffwellen der Bettwäsche. Nichts gelingt, er könnte brüllen, aber er muss sich beherrschen. Die Frau macht keinen Mucks mehr. Die Harderer fragt, wozu die Patientin den Zugang braucht. Hagen weiß es nicht, er stammelt irgendwas. Die Harderer schaut ihn an, als er sich aufrichtet. Sie ist kaum kleiner als er, vielleicht Ende vierzig, in den Mundwinkeln hockt Bitterkeit. Jetzt stehen sie sich dicht gegenüber. Sie weicht nicht aus, nur zwei Handbreit liegen zwischen ihnen. Graublaue Augen für ein oder zwei Sekunden. Sie wartet, bis Hagen den Blick senkt.
„Das lässt sich einfach auf Tabletten umstellen. Oralisieren. Die Bioverfügbarkeit ist gleich", sagt sie und lächelt dünnlippig.
Sie hält den Rücken sehr gerade beim Gehen.

Fenyak sagt, dass jeder Dienst in der Notaufnahme machen muss, der Reihe nach. Und zwar ab Woche vier. Auch und gerade wenn man Neuling ist. Ab Woche acht kommen die Nachtdienste dazu. Dann ist man allein. Hagen ist inzwischen irgendwo in Woche vier, die Tage verschwimmen. Sonntage erkennt man daran, dass es in der Kantine nur ein Gericht gibt, sagt Niko. Hagen ist wie in einem Rausch. Er rennt, sticht, schreibt und redet. Irgendwann wird er umziehen in eine kleine Wohnung.

Dann wird alles besser. Er sieht Philomena beim Essen und manchmal auf dem Gang. Er weiß nicht mehr über sie als am ersten Tag. Vor einem Monat hätte er sie in ein Gespräch verwickelt, eingeladen, abgeholt, umschwärmt. Er hätte gesprüht vor Einfällen. Jetzt nicht mehr. Er verschmilzt mit der Klinik, ist tagsüber hellwach und fällt abends in einen tiefen, traumlosen Schlaf.
Die Harderer wird in den Urlaub fahren. Sie sagt: „Ab morgen bin ich für drei Wochen verreist. Herr Kosloff wird mich vertreten." Mehr sagt sie nicht. Nicht wohin sie fährt, nicht mit wem. Niko behauptet, die Harderer fahre immer in die Toskana. Sie fahre da allein hin und kehre auch allein zurück. Sie schaue sich den Dom von Siena und den Dom von Florenz an und vergleiche die beiden mit Büchern in der Hand.
„Ab morgen ist Kosloff bei dir. Das wird dein Leben verändern", sagt Fenyak.
Über Nacht wurde ein alter Mann wegen eines Verwirrtheitszustandes auf die Station eingeliefert. Jetzt liegt er reglos im Bett. Kosloff ist schon vor Hagen dort.
„Muusst Fakten schaffen", sagt Kosloff, „Atmung, Blutdruck, Herzfrequenz, Zucker, Gase." Kosloff öffnet dem Mann mit Daumen und Mittelfinger die Augen. „Kein Pupillendifferenz, keine Herdblick, kein Nystagmus", sagt er. Er hat einen Akzent aus dem Osten, Russland, Bulgarien, irgend so was. Nur einen Hauch, als Sprachgewürz.
Alle Fakten, die Hagen liefert, sind unauffällig. Kosloff nimmt sein Stethoskop und wendet die *„reversed stethoscope technique"* an. Er steckt die Enden in die Ohren des Patienten und ruft in die Membran: „Gutten Tag, Herr Reimers!"
Herr Reimers reißt die Augen auf, er denkt, die Russen kommen. Er starrt Kosloff an, dann Hagen, dann sinkt er zurück in den Schlaf.
„Zu viel Melperon", sagt Kosloff. „Schmeckt gut, nützt

aber nichts. Absetzen. Es gibt keine Medikamente gegen Verwirrtheit. Außer Realität."
Er kritzelt in die Kurve, dann schaut er Hagen an und Hagen schaut ihn an: kreisrunder Kopf, zurückgesetzte Augen, starker Kiefer mit Bartstoppeln, Resthaar. Könnte ein Schlagzeuger sein, ein Metzger, ein Maurer, ein Matrose. Kosloff streckt Hagen die Hand entgegen: „Boris Kosloff. Kannst mich duzen. Die meisten sagen einfach Kosloff." Der Trick mit dem Stethoskop stamme aus dem besten Buch über Medizin, das es gebe. Er werde es ihm leihen.
Während die Harderer verbale Anleitungen bevorzugt, schweigt Kosloff oder greift ein. Er trägt keinen Kittel, seine kurzen Finger stecken an einer Kartoffelhand. Hagen beobachtet diese Finger, den Fluss ihrer Bewegungen beim Palpieren, beim Punktieren, beim Sonografieren. Es sind zarte Griffe starker Finger, mit den Fingerbeeren voran.
Eine Frau auf Hagens Station hat Pleuraergüsse. Literweise. Ihre Atemfrequenz liegt bei vierunddreißig pro Minute, seit gestern. Kosloff löst wortlos die Bremse des Bettes und bedeutet Hagen mit dem Kopf, mitzukommen. Sie schieben die Frau in den Keller, in die Sonografie. Bei der Ausatmung quietscht es aus der Frau. Kosloff mobilisiert sie en bloc und setzt sie auf die Bettkante, Hagen muss die Frau halten, sie kann nicht mehr selbstständig sitzen.
Kosloff bedient die Schalter des Sonografiegerätes, wie ein Pilot Armaturen bedient. Es blinkt und summt. Kosloff legt den Schallkopf nieder, zieht sich Handschuhe über und versenkt eine stricknadeldicke Kanüle im Brustkorb der Frau. Er schließt ein Schlauchsystem an. Bernsteinwasser fließt aus der Frau heraus. Kosloff schaut erstmals zu Hagen auf. Trotz der Geschwindigkeit liegt eine große Ruhe in seinen Bewegungen. Über dem Ganzen schwebt ein leiser Vorwurf: Das hier, das hätte

gestern passieren müssen.
Nach eineinhalb Litern zieht Kosloff die Nadel aus der Frau und klebt einen Tupfer auf ihre Haut.
„Aus Pleuraspalt nie mehr als eineinhalb Liter. Aus dem Bauch nie mehr als acht. Röntgen in zwei Stunden", sagt Kosloff. Er kann seine Handschuhe so über die Hand ausziehen und spannen, dass sie einen Meter weit in den Mülleimer fliegen.

Doberer informiert. Diese Veranstaltung hat er „Die Geschäftsführung informiert" getauft. „DGI". Man muss immer einen griffigen Namen oder ein Akronym finden, weiß er. Sonst geht es nicht in die Köpfe.
Es müssen mehr Patienten aus der Notaufnahme ins Haus aufgenommen werden. Die reine Behandlung in der Notaufnahme rechnet sich nicht. „Sie müssen für Ihre Arbeit ausreichend entlohnt werden. Und dafür können Sie selbst sorgen."
Bronchitis? Könnte auch eine Lungenentzündung sein, daher aufnehmen. Beckenprellung? Manche Brüche sieht man erst am Folgetag. Er kennt sich inzwischen aus.
„Gehen Sie auf Nummer sicher", ist Doberers letzter Satz in der DGI gewesen, „für den Patienten und für unsere Klinik. Der grüne Balken auf dem Bildschirm weist Ihnen den Weg."

Hagen arbeitet jetzt in der Notaufnahme.
„Burbeis!" Schwester Bianca ruft ihn. Sie ruft alle mit Nachnamen, wie ein Trainer von der Seitenlinie. „Der Mann in der Drei schreit wie am Spieß, geh mal nachschauen!"
Hagen merkt, dass er die letzten zwei Minuten regungslos auf dem Gang gestanden hat. Das darf man hier nicht, so herumstehen. Man muss hin und her laufen, den

Kittel wehen lassen oder wenigstens im PC Laborwerte ansehen. Hagen geht in die Drei. Der Mann ist um die sechzig Jahre alt, blass. Er hält sich den Bauch.
„Scheißescheißescheiße", sagt der Mann.
Der Monitor zeigt einen Puls von hundertzwanzig pro Minute und einen Blutdruck von achtzig zu fünfzig.
„Wie geht es Ihnen?", fragt Hagen.
„Was glauben Sie, wie's mir geht?"
Der Mann stöhnt, hält sich immer noch den Bauch. Hagen hat keine Ahnung, was er jetzt machen soll. Er nimmt sein Stethoskop und hält es auf den Bauch des Mannes. Es ist ein großer, weißer ausladender Bauch. Man muss handeln. Ein paar Darmgeräusche hört er, spärlich, in allen Quadranten. Als er fester drückt, schreit der Mann auf.
„Tun Sie was", sagt er.
„Ich komme gleich wieder", sagt Hagen.
„Das sagen sie alle", erwidert der Mann.
Der Name des Mannes war in der Computerübersicht grün unterlegt, nach dem Triage-System. Eine erfahrene Pflegekraft teilt die Leute nach ihren Hauptbeschwerden ein und ordnet ihnen je nach Dringlichkeit Farben zu. Rot heißt sofort ansehen, orange heißt in zehn Minuten, gelb in dreißig. Der Mann hier war grün, sollte erst innerhalb von neunzig Minuten angesehen werden. Hagen war nach zwanzig Minuten drin, also erst mal alles gut. Aber Bauchschmerzen kann Hagen schlecht zuordnen. Bauchschmerzen sind nichts für Anfänger. Das kann alles sein oder nichts.
Hagen muss wieder rein, ein paar Fragen stellen, ob der Mann Durchfall hat oder Verstopfung, ob er erbrochen hat oder so was. Es steigt ihm heiß ins Gesicht. Er geht zu dem Mann, dessen Gesicht verzerrt ist. Ob er Stuhlgang hatte. Gestern. Ob er erbrochen hat. Nein. Ob er so was schon mal hatte. Nein. Er soll die Schmerzen genauer beschreiben. Der Mann weigert sich, Schmerzen eben,

verdammt. Sein Blutdruck ist jetzt 70/60 mmHg. Hagen geht hinaus, schneller, wo ist der Oberarzt? Er sieht einen Unfallchirurgen einen Verband bei einem Kind abwickeln. Er scherzt mit dem Kind und schielt auf die Mutter. Zwei Rettungssanitäter legen einen Betrunkenen auf eine gummierte Matratze. So wie ein Laster Bauschutt abkippt. Wenn die Betrunkenen wieder nüchtern genug sind, schaffen sie es, aufzustehen und zu verschwinden. Dann muss man keinen Arztbrief schreiben. Ein selbstregulierendes System. „Nur ab und zu gucken, dass sie nicht kotzen und ersticken", hat Kosloff gesagt.

Hagen ruft Kosloff an, besetzt. Er sieht Bianca hinter dem Tresen der Notaufnahme sitzen.

„Na, Burbeis", sagt sie, „keinen Plan?"

„Können Sie kommen?", fragt er. „Schnell?"

Bianca tut nichts schnell, aber alles mit Entschiedenheit. Sie holt Schwung, um vom Stuhl aufzustehen. Dann stiefelt sie den Gang entlang, marmorierte Crocs an den Füßen. Auf dem Weg zieht sie sich Handschuhe über und geht, ohne anzuklopfen, in den Raum.

„Zugang", sagt sie, „der braucht sofort einen Zugang, jetzt."

Biancas Nasenlöcher sind geweitet, kein gutes Zeichen. Sie macht sich rechts, Hagen links an die Arbeit. Sie ist schneller.

„Flüssigkeit", sagt sie. Hagen hängt eine Ringerlösung an.

„Aufdrehen", sagt sie.

Die Tropfen in der Tropfkammer verbinden sich zu einem Strahl. Wasser mit Natriumchlorid, Kaliumchlorid und Calciumchlorid rinnen in den Mann.

„Hol Kosloff", sagt Bianca.

„War besetzt", sagt Hagen.

„Geh hin, hol ihn ab."

Hagen geht den zentralen Gang der Notaufnahme

zurück. Kosloff sitzt jetzt vor einem PC. Auf dem Bildschirm läuft ein Film über Singvögel. Wie schnell die Bauchschmerzen kamen, will er wissen. Hat Hagen nicht erfragt.
„Dynamik", sagt er, „von Krankheit ist Wichtigste. Wenn schnell kommt, überholt es dich", sagt er und: „Merken, wichtig."
Kosloff betrachtet den Mann, horcht auf den Bauch, dreht den Mann, drückt sich etwas Vaseline auf den Fingerling und steckt ihm den Zeigefinger in den Hintern. Dann fühlt er dem Mann die Fußpulse. Der Patient beobachtet stumm, was mit ihm geschieht, er spricht nicht und macht keine Geräusche. Hagen muss die Radiologie anrufen, den Computertomografen klarmachen, Kosloff will die Gefäßchirurgen anrufen. Warum er das macht, weiß Hagen nicht. Punzlau hat keinen Gefäßchirurgen, die sitzen in Schwelck. Kosloff arbeitet einen inneren Plan ab, einen Plan, den Hagen nicht erschließen kann, den es zu entwickeln gilt. Hagen ist Gehilfe, aber immerhin Teil des Plans, Blut abnehmen, Blutgruppen kreuzen lassen, alles cito. Zweiter Zugang, noch mehr Wasser. Dann den Mann ins CT. Beim Umbetten rutscht er zwischen die Trage und den CT-Untersuchungstisch, er folgt bedingungslos der Schwerkraft. Das CT lässt sich nicht aus der Ruhe bringen.
Endlich sitzen Kosloff und Hagen hinter der Strahlenschutzscheibe. Während die Assistentin die Anlage steuert, erzählt sie von ihrer Wochenendplanung. Der Adressat ihrer Ausführung ist nicht auszumachen. Kosloff und Hagen sehen auf den Monitor. Körperscheibchen. Der Körper des Dicken verschwindet langsam in dem Gerät. Zu langsam.
„Wir brauchen neues CT", sagt Kosloff.
Für einen Moment kehrt Ruhe ein. Kosloff starrt auf die Bilder. Der Radiologe ist dazugekommen, er kaut etwas. „Es werden noch Wetten angenommen", sagt er. Keiner

lacht. Der Radiologe fingert am Keyboard und den Reglern herum.
„Schau mal auf Bauch“, sagt Kosloff, und Hagen merkt, dass er ihn duzt, was ihn stolz macht. Vereint gegen das Böse.
Hagen sieht durch die Scheibe auf den liegenden Patienten, zwischen seinen beiden Fußsohlen hindurch. Er liegt nackt im CT, keiner hat ihn zugedeckt. Skrotum und Penis sind wie ein Miniaturdudelsack. Dahinter ragt der Bauch auf. Hagen bemerkt nichts.
„Der Bauch pulsiert“, sagt Kosloff.
Der Bauch macht Bewegungen wie ein Basslautsprecher. Im CT sieht man die Aorta im Querschnitt, dann die Nierengefäße. Darunter weitet sich die Hauptschlagader. Hell ist ein Hämatom in der Gefäßwand zu sehen und der Einriss – ein gedeckt perforiertes Aneurysma der Aorta. Hagen denkt an das Aufschneiden der Aorta im Pathologie-Kurs an der Uni. Das Knirschen des Kalks in der Gefäßwand. Kosloff raunt Substantive ins Telefon: Chirurg, OP, Blutbank.
Kurz darauf steht der Notarzt in der Tür, ein Anästhesist aus dem Haus. Wenn die da sind, kannst du entspannen, hat Fenyak gesagt. Der Patient fährt verkabelt durch die Tür. Zurück bleiben ein paar Flecken, Spritzen und Decken auf dem Boden. Kosloff sitzt wieder vor einem Bildschirm und schaut sich Laborwerte an. Dann dreht er den Kopf, sein Blick streift Hagen, er sieht nicht weg, er sieht nicht länger hin, er sieht durch Hagen hindurch und wendet sich dann wieder den Zahlen zu. Aus seinem Kinn treten immer neue Barthaare ans Licht. Er ist blass wie ein Patient, dazu dunkle, lebendige Augen. Er lebt hier. Er könnte nicht ohne die Klinik sein und die Klinik nicht ohne ihn.
„Burbeis!“ Schwester Bianca ruft Hagen. Sie sitzen zu dritt in der kleinen Küche der Notaufnahme um die Kaffeemaschine. „Frau Braun absaugen“, rufen sie, ein

Synonym für „Kaffee trinken". Offensichtlich ein uralter Scherz gegenüber Neulingen. Sie lachen trotzdem und schwenken die Tassen. Er ist eingeladen, er gehört dazu.

Philomena hat Nachtdienst. Sie kommt vor jedem Nachtdienst auf Hagens Station und lässt sich eine Übergabe machen. Hagen kennt Philomenas Dienstplan so gut wie den eigenen. Sie will Allgemeinmedizinerin werden, wollte das schon immer, sagt sie beim Essen.
Jetzt steht sie neben Hagen und sie sehen sich gemeinsam die Kurve eines Patienten an. Philomena prüft die Medikamente und Hagen riecht möglichst unbemerkt an ihr. Sie riecht nach Kernseife. Philomena sagt dann Sachen wie: „Amlodipin blockiert ab einer Dosis von zehn Milligramm den Abbau von Simvastatin. Daher sollten wir die Dosis reduzieren, was meinst du?"
„Du solltest Karriere machen", sagt er.
„Mach ich doch", sagt sie.

Am nächsten Tag, dem letzten Freitag im Monat, findet wieder „DGI – Die Geschäftsführung informiert" im „Lichtsaal" statt, einem Versammlungsraum über der Kantine. Vierzehn Uhr, kurz vor dem Wochenende, das schaffe eine positive Verknüpfung zwischen der Geschäftsführung und dem Wochenende, sagt Doberer. In Wirtschaftspsychologie war er „ziemlich stark", sagt er manchmal, wenn sich eine Gelegenheit dazu ergibt. Einmal im Monat spricht er zu allen Angestellten, die interessiert sind. Manchmal richtet auch Frau Wüst, die Personalerin („Das Wüst") ein Wort an die Anwesenden. Nur eine Notbesetzung soll während der DGI auf Station bleiben. Und diese Notbesetzung soll jeden Monat wechseln. „Wir wollen im Dialog bleiben", sagt Doberer. Von vierhundertachtzig Angestellten kommen zwischen dreißig und fünfzig. Er steht am Rednerpult. Er mag diesen Platz, er lächelt. Man soll dieses Lächeln „gewinnend" nennen dürfen. Er meint es ehrlich. Er mag es hier, in den Dubio-Kliniken, am Pult. Eines von Doberers Themen heute ist eine neue, gesetzliche Obduktionsprämie. Die Obduktion war früher eine Selbstverständlichkeit. Sie ist gewissermaßen die Sorge für den Patienten über den Tod hinaus. Früher galt, wer im Krankenhaus stirbt, der wird auch dort obduziert. Das habe sich leider geändert. Seit dem 1.3. werde die Obduktion durch die klinikseigene Pathologie aber besser vergütet. Und zwar, hier macht Doberer eine kleine Pause, deutlich besser. Allerdings habe die Sache einen Haken. Man bekomme diese Vergütung nämlich nur, wenn mindestens 25 % der Todesfälle in der Klinik obduziert würden. Zurzeit seien es 12 %.

„Liebe Mitarbeiterinnen und Mitarbeiter", sagt Doberer, „bemühen Sie sich daher ganz besonders, den Angehörigen gegenüber den Wert der Obduktion deutlich zu machen. Und denken Sie daran, dass die Obduktion nicht nur Ihnen zur Überprüfung Ihres Handelns dient", (Pause, Blick in die Runde, die Hände seitlich fest ans Rednerpult gedrückt), „nein, sie gibt auch den Angehörigen Gewissheit, woran der Geliebte gestorben ist. Das lässt die Hinterbliebenen besser zur Ruhe kommen, glauben Sie mir", sagt Doberer. Er habe das selbst erfahren dürfen.

Er kann sich, denkt er später für einen Moment, nicht daran erinnern, in welcher Situation er das erfahren hat. Aber es war ihm eben so über die Lippen gekommen. Seine Mutter lebt in Wanne-Eickel in einem Heim für Demente, sein Vater ist an einem Herzinfarkt verstorben, die Mutter hat Vaters Obduktion verweigert, da die Todesursache klar war. Wahrscheinlich hat ihn der Tod seines Vaters nicht mehr lange verfolgt, weil er die Todesursache kannte. Aber dass er jetzt Geschäftsführer ist,

das hätte den Vater schon noch erfreut.
Dann verteilt Frau Wüst die Zwölf-Euro-Blumensträuße von Blumen-Dittrich an zwei Jubilare. Anschließend stellt sie die neuen Mitarbeiter des letzten Halbjahrs vor. Hagen Burbeis wird auch aufgerufen. Er steht kurz auf und nickt in die Runde. Unverschämt gut aussehend, denkt Doberer.

Am Nachmittag ruft die Koscinsky an. Mickersen will Hagen sprechen. Ein halbes Stündchen würde genügen. Mickersen lässt nie ausrichten, was er will. Das verschafft ihm einen Vorteil. Die Besprechungen finden immer nach Feierabend statt. Eine Neuaufnahme liegt auf der Station noch unbesehen im Bett, aber Hagen muss abdrehen zum Chef. Die Koscinsky sitzt hinter ihrem Schreibtisch und sieht über ihre rote Lesebrille zu ihm auf.
„Na, noch da?", grüßt Hagen.
„Sie jo auch", antwortet die Koscinsky und zuckt mit den Augenbrauen. Sie macht ein Pornomündchen. Unter dem Schreibtisch schauen ihre Sandalen hervor.
Mickersen steht an seinem Pult, den Laptop aufgeklappt. Er hat seinen Kittel neben den Schreibtisch gehängt und trägt eine blaue Krawatte zum blau-weiß gestreiften Hemd. Dazu die weiße Klinikshose und diesmal eine Fliegerarmbanduhr.
Was ihm, Hagen Burbeis, durch den Kopf gegangen sei, als Frau Koscinsky ihn gebeten habe, noch vorbeizuschauen, fragt Mickersen.
„Dass es vielleicht um Tennis geht", sagt Hagen.
„Guter Punkt", sagt Mickersen. Im nächsten Sommer sollten sie mal ein Match machen. Dabei hält er die Hand wie eine Pistole, den Daumen nach oben und den Zeigefinger auf Hagen gerichtet. Er habe gehört, Hagen hätte sich gut eingelebt. Die weiblichen Angestellten würden sich sicher freuen, dass er hier sei. Hagen fühlt

sich verpflichtet, das Lächeln zu erwidern.
„Aber Scherz beiseite", sagt Mickersen. Ob ihm aufgefallen sei, dass an seinem Namen noch etwas fehle, zum Beispiel wenn er die Arztbriefe unterzeichne? Hagen fällt nichts Kluges dazu ein. Ob er, Hagen Burbeis, das ändern wolle. Ob er es nicht zu „Dr. Hagen Burbeis" bringen wolle? Den Namen und damit auch sich selbst komplettieren? Mickersen weist zur Sitzecke hinüber (schwarzes Sofa, Chromtischchen). Er selbst sei ja sozusagen auf der Zielgeraden für eine Professur. Punzlau, um ehrlich zu sein, sei für ihn nur eine Zwischenstation. Für ihn, Hagen, doch sicher auch. Mehr „so ein Ausflug in die Natur".
„Das bleibt aber unter uns", sagt Mickersen und seine Pistolenhand schwenkt zwischen Hagen und ihm hin und her, während er fortfährt. „Meine Leidenschaft für die Wissenschaft brennt weiter. In unbekannte Gebiete vorstoßen, etwas begreifen, was zuvor noch nie jemand begriffen hat. Können Sie das nachvollziehen?"
„Dochdoch", sagt Hagen. Aber auch Nachwuchs fördern wolle er. Nicht jeder sei dafür geeignet, aber er vielleicht, Hagen? Und man fühle sich doch akademisch so nackt ohne Titel. Hier hätte er die nötige Ruhe und das Umfeld und ihn, Mickersen, als Betreuer. Sonst blieben sie beide auf ewig unzufrieden, er als Privatdozent und Hagen „mit ohne Doktor". Scherz beiseite. Er neigt den Kopf und lächelt wie ein freundlicher Pastor.
Worum es denn gehen solle, in der Arbeit, fragt Hagen.
„Falscher Ansatz", antwortet Mickersen und sein Ausdruck bekommt etwas Bitteres. Er solle sich selbst darüber Gedanken machen und sich in einer Woche um die gleiche Zeit wieder melden. Natürlich sei er, Mickersen, von Hause aus Kardiologe und Angiologe, es müsse also in diese Richtung gehen.
Mickersen steht auf und Hagen versteht das Signal. Er bedankt sich und verlässt den Raum. Die rote Lesebrille

der Koscinsky liegt zusammengeklappt auf dem Schreibtisch. Ein Hauch ihres schweren Parfüms hängt noch ihm Raum.

„Was führt Sie zu uns?", fragt Hagen.
Die Frau in der Notaufnahme mustert ihn und antwortet verzögert.
„Ich fühl mich nicht gut." Sie hält die Stimme in der Schwebe, als käme noch etwas.
Hagen sieht auf den Einweisungsschein des Hausarztes. „Minderung Allgemeinzustand (AZ)", steht darauf. Das ist die Einweisungsdiagnose der faulen Hausärzte, hat Fenyak gesagt. Die Frau ist vielleicht fünfzig Jahre alt, dünn und faltig. Sie hat zerkratzte Unterarme, die aus einem gelblichen T-Shirt herausschauen.
„Haben Sie Schmerzen?", fragt Hagen.
„Nein."
„Haben Sie abgenommen?"
„Zwanzig Kilo vielleicht. Es juckt halt so", sagt die Frau.
„Wo juckt es denn?", fragt Hagen. Er wird ungeduldig.
„Da, wo die Tiere sind."
„Ah", sagt Hagen, als kenne er das, „die Tiere". Er hebt den Kopf, seine Ungeduld verfliegt.
„Am Po. Aus der Nase, nachts. Da spucke ich die Eier aus. Manche sind schwarz und manche weiß."
Die Frau hat das seit einem Jahr, „seit ein Masseur da war", der ein Ekzem an den Händen gehabt habe. Die Tiere kommen nachts aus ihr heraus und holen Luft. Sonst sind sie innen, unter der Haut, im Magen. Sie können der Salzsäure widerstehen, diese Tiere. Hagen fragt nach Hautärzten. Sie sei bei Hautärzten gewesen. Die hätten nichts finden können.
„Schauen nicht richtig hin", sagt sie. Sie esse nicht mehr, um die Tiere auszuhungern.
Hagen ruft die Harderer an, sie ist aus der Toskana zurück

und hat Notaufnahmedienst. Sie sagt ihm, er solle die Frau untersuchen. Er solle immer erst untersuchen, ein Konzept machen, ehe er anruft. Außer bei dringenden Notfällen.
Hagen nimmt sich Handschuhe und sucht die Kopfhaut ab, vielleicht gibt es Läuse, aber er hat Läuse nie live gesehen, nur Bilder von Nissen in einem Dermatologie-Atlas. Was Krätze betrifft, genau das Gleiche. Er leuchtet in den Mund, schaut unter die Achseln, zwischen die Finger und in den Bauchnabel. Die Frau hat Kratzspuren am ganzen Körper, die Haare sind spröde. Wie oft sie die wasche, die Haare? Täglich zwei Mal. Er lässt die Frau sich auf die Seite drehen und besieht sich den Hintern, er findet das gründlich, dass er das macht. Da ist nichts außer geröteter Haut und einer einsamen Hämorrhoide. Zudem hört er Lunge und Herz ab, fühlt Pulse und tastet den Bauch ab, während er überlegt, was zu tun ist. Er ruft die Harderer wieder an und berichtet.
„Vielleicht Oxyuren", sagt die, „also Aftermaden, Madenwürmer." Vielleicht sei die Frau aber auch psychisch krank. Er soll zwei Tesafilmstreifen über den Anus kleben, dann abziehen und auf einem Objektträger an die Mikrobiologie nach Schwelck schicken. Die Frau müsse das zu Hause nach dem Aufstehen erneut machen und ihrem Hausarzt geben.
Die Frau ist begeistert, weil jemand sie ernst nimmt. Hagen macht sich an die Arbeit. Ob er ihr mit Tesa den Hintern zukleben wolle, fragen zwei Pfleger grinsend.
Hagen erzählt das Kosloff, den er später trifft.
„Dermatozoenwahn", sagt der. „Schwer zu behandeln."
„Warum nicht Oxyuren?"
„Weil die nicht aus der Nase kommen. Nicht mal in mein Heimat." Und er sagt: „Wo Psychiatrie fängt an, ist Organmedizin zu Ende."
Hagen soll die Frau verlegen, in die Psychiatrie nach Finsterleben.

„Das schaffst du nicht", sagt die Schwester. Keiner verlegt nach sechzehn Uhr nach Finsterleben.
Die Nummer des diensthabenden Psychiaters ist schwer zu finden. Hagen ruft Philomena an, die hat alles in einem Büchlein notiert. Der diensthabende Psychiater ist gerade in einem Gespräch, heißt es, man solle es in einer Stunde noch einmal versuchen. Und danach in halbstündigen Abständen.

Letzter Freitag im August. Die Geschäftsführung informiert, DGI. Es geht um *Best-Place-to-Work*, einen Wettbewerb für die besten Arbeitgeber Deutschlands.
„Wir sind mit einem sehr guten Ergebnis durch das Preview gekommen. Dafür möchte ich Ihnen danken. Wir wollen zeigen, dass wir einer der attraktivsten Arbeitgeber der Region, ja, ganz Deutschlands sind. Und dazu brauche ich Ihre Hilfe." Er setzt hier eine Pause und schaut in die Menge. Hagen sitzt neben Sartin. Der hasst Doberer, hasst die Geschäftsführung. Hier gibt es kein Geschäft, hat er beim Mittagessen gesagt. Hagen sieht, wie er im Profil sein Kinn nach vorn schiebt.
„In den nächsten Wochen finden Begehungen unserer Klinik und eine Befragung der Mitarbeiter statt. Wir haben uns inhaltlich, aber auch finanziell stark engagiert, um in diesem Wettbewerb ausgezeichnet zu werden. Ich möchte Sie bitten, dies bei Ihren Antworten im Hinterkopf zu behalten. Überlegen Sie, bevor Sie abends schlafen gehen: Was ist gut an den Dubio-Kliniken? Fragen Sie sich: Warum arbeite ich hier? Wie können Sie uns unterstützen, die Klinik und Ihren Arbeitsplatz zu verbessern? Ist Ihnen, so wie mir, die Klinik nicht irgendwie auch zur Heimat geworden? Sie haben die Chance, bis zum 15. Oktober Anregungen und Wünsche an das Marketing zu senden. Wir werden versuchen, diese Wünsche umzusetzen. Und vor allem werden wir

die originellsten Ideen auszeichnen. Wir werden sie zusammen mit einem Porträtfoto des jeweiligen Ideengebers in der Eingangshalle aushängen. Und was gibt es zu gewinnen? Insgesamt zehn Gutscheine für eine sechzigminütige Mitarbeitermassage. Ich freue mich auf Ihre Geistesblitze!"

Vier Antworten zum Best-Place-to-Work-*Projekt nach drei Wochen. Eine von den Pflegekräften der Intensivstation, sie fordern eine Überdachung des Fahrradständers am Haupteingang. Die zweite kam von Mickersen mit Vorschlägen zur Ausweitung des Betriebssports. Und die dritte aus der Verwaltung. Das Abwiegen der Salate in der Kantine benachteilige Mitarbeiter, die Blattsalate weniger gern mögen. Sie schlagen die Umstellung auf ein System mit einem kleinen Salatteller (drei Euro fünfzig) und einem großen Salatteller (fünf Euro fünfzig) vor. Und dann erreichte sie eine Mail von diesem Sartin Rasim. Assistenzarzt. Laut Mickersen sind Leute wie Rasim Notlösungen, aber in der Provinz unvermeidlich. Rasim schreibt, dass Muslimen freitags Zeit für das Gebet eingeräumt werden sollte. Die Zeile, die Rasim sich unter das angekündigte Porträtfoto wünscht, lautet: „Freitag wird's zu spät fürs Freitagsgebet. Religionsfreiheit – rechtzeitig! #DubioFreitagsgebet." Irgendwer muss ihm mit dem Deutsch geholfen haben. Den Betriebsrat hat er cc gesetzt. Der Betriebsrat möchte die vier Vorschläge zu den jeweiligen Porträts tatsächlich in den Eingangsbereich hängen. Doberer wird das verhindern. Er hat Sartin Rasim eine Mail zurückgeschickt. Direkt, im Affekt, ungefiltert. Manchmal muss man emotionalen Rückenwind nutzen.*

Mickersens Sekretärin, Koscinsky, bietet Hagen Kaffee

an. Sie lädt ihn immer ein, wenn er vorbeischaut und sein Ablagefach leert, in dem nie etwas drin liegt außer Werbung.
„Ist doch schön", sagt sie, „hier ein bisschen Abwechslung zu haben."
Sie setzt sich auf die Ecke des Schreibtischs, vor dem Hagen steht. Sie sitzt nur mit der linken Gesäßhälfte. Ihr Oberschenkel breitet sich weich auf dem Hartholz aus. Der Unterschenkel mit den hohen Schnürsandalen baumelt hin und her. Hagen merkt, dass seine Libido nach Wochen in der Versenkung hervorschießt wie ein isländischer Geysir. Ob er öfter vorbeischauen solle, fragt er.
„Immer gern", sagt sie.
Wie lange sie da sei, bleiben müsse, abends, immer so.
„Kommt ganz drauf an", sagt sie.
Hagen sagt, er wird darauf zurückkommen. Längerer Blick.

Der Mann auf der Liege hat einen Vornamen, den keiner aussprechen kann. Der Nachname ist kein Stück besser. Außerdem ist nicht klar, was der Vorname und was der Nachname ist. Vor allem aber weiß keiner, was der Mann hat, außer Durchfall. Er liegt auf der Pritsche, in T-Shirt, kurzen Hosen und Badelatschen und hat eine tiefschwarze, fast schon blaue Hautfarbe. Er sagt etwas auf Französisch. Er ist gerade aus Afrika gekommen oder zurückgekommen, wohl aus dem Senegal. Ein Französisch sprechender Schwarzer mit Badelatschen und Durchfall in Brandenburg – das gibt es eigentlich nicht und wenn doch, dann ist es nicht gut. Hagen spricht kein Französisch. Hagen muss an Lucie denken, Lucie sprach Französisch und machte dabei immer diesen französischen Mund. Das sah schön aus. Obwohl sie sonst nicht schön war, aber das war egal, dieser französische Mund machte die ganze Lucie schön. Und da waren noch ein paar andere Sachen.

Durchfall und Fieber und Afrika. Der Mann scheißt sich in die Hosen und wimmert. War da nicht was mit Afrika und Durchfall? Aber Hagen kommt nicht drauf, hier, in Brandenburg. Es beginnt zu stinken. Abbildungen aus Lehrbüchern und PowerPoint-Folien tauchen vor Hagen auf, die Würmer und Parasiten in flagranti zeigten. Die Namen, die man den Würmern unter dem Mikroskop gegeben hatte, sollte man mit Symptomen, Diagnostik und Therapien verknüpfen, das war die Lernaufgabe. Der Begriff „Schistosomen" kommt Hagen in den Sinn, Viecher, die einen beim Baden im Nil anfallen und sich heimlich durch die Haut bohren. Und die dann die Blase besiedeln. Auch den Darm? Hagen ist nicht sicher. Aber der Nil fließt nicht durch den Senegal. Hagen überlegt weiter. Immer mehr Namen steigen in ihm auf: Onchocerca volvulus, Trypanosoma cruzi ... Aber Hagen kann nichts mehr damit anfangen, er hat sich die Namen nur behalten, weil sie beim Aussprechen kitzelten und bei Partys Eindruck hinterließen. Hagen hat nicht gedacht, dass er die mal braucht. Aber hier in Brandenburg gibt es noch Würmer in den Menschen.

Hagen ruft Kosloff an, Kosloff hat Rufbereitschaft.

„Keine Ahnung, was der hat", sagt Kosloff. Im Hintergrund läuft eine Musik mit E-Gitarre, Balalaika und Männergesang. Hagen soll pragmatisch rangehen:

„Erste Frage: Ist Patient ernstlich krank oder nicht?"

„Ist er", antwortet Hagen wie ein Rekrut.

„Zweite Frage: in Krankenhaus aufnehmen oder nach Hause lassen?"

„Aufnehmen", sagt Hagen.

„Absolut", sagt Kosloff, „und isolieren. Afrika und Durchfall, immer gleich isolieren. Und dicker Tropfen."

Ob er das könne, den dicken Tropfen. Hagen weiß nicht genau, was das ist, er zögert. Kosloff hat aufgelegt. Man weiß dann: Er ist noch im Haus. Es ist acht Uhr abends. Sein Dienstzimmer soll irgendwo in Haus 2 unterm Dach versteckt sein. Wo und wie Kosloff außerhalb des Dienstes lebt, weiß niemand genau. Es gibt Gerüchte. „Bestimmt ein Resthof", sagt Philomena. „Im Wald", sagt Sartin. Niko: „Garage."

Kosloff biegt um die hintere Ecke der Notaufnahme und grüßt. Er stellt sich neben den Afrikaner und hebt kurz die Decke, um einen Blick auf den Durchfall und die Beine zu werfen. Kosloff öffnet den Mund und schleudert ein paar Brocken Französisch heraus. Er spricht einfach drauflos und der Afrikaner antwortet kehlig. Sprachensprengsel und vier Hände zum Informationsaustausch. Kosloff zieht ein Päckchen Objektträger aus der Tasche und verstreicht mit einem Deckglas eine dünne Schicht afrikanischen Blutes.

„Sieht aus wie Gringoblut, was?", sagt er.

Dann winkt er Hagen und geht durch eine Seitentür des Notaufnahmeflurs in eine Kammer. Dort stehen zwei alte OP-Leuchten, ein Tisch, ein Reinigungswagen und, unter einer Haube, ein Mikroskop, das Kosloff wie ein Denkmal vor Hagen enthüllt.

„Täterätä", sagt er, dreht das Objektiv ein und justiert Grob- und Feintrieb. Er lässt Hagen durchschauen und Hagen sieht Erythrozyten. In den Erythrozyten sieht er kleine Pünktchen und er erinnert sich. Von weit her kommen diese Bilder.

„Malaria", sagt er und Kosloff nickt.

In Hagens Brust breitet sich eine Wärme aus, erstmals hat er die verdeckten Erinnerungsreste aus dem Studium beleben können, wurde er handlungsfähig.

„Glück und Unglück tragen einander huckepack, heißt es bei uns", sagt Kosloff. „Malaria ist selten an Punzlausee, ein bisschen öfter am Schwarzen Meer. Und im Senegal gibt es fast nur die Tropica, sehr tückisch. Aber wir haben sie erkannt auf frischer Tat."

„Was hat das Schwarze Meer damit zu tun?"
„Nu ja. Heimat halt."
Hagen liest zu Hause über Malaria nach. Und weil er etwas geleistet hat und auch noch nachliest trotz der Müdigkeit, beschleicht ihn ein leichtes Heldengefühl. Außerdem riecht er und muss dringend duschen und schlafen. Und Sex? Hagen muss an die Koscinsky denken.

Die Koscinsky trägt Lesebrillen, das heißt, sie ist über fünfundvierzig. Sie hat mehrere Lesebrillen, alle das gleiche Modell in jeweils einer anderen Farbe. Niko ist der festen Überzeugung, dass sie die Farbe des Gestells je nach Stimmung wechselt. Chamäleonstyle. Grün bedeutet freundlich, offen. Rot signalisiert heikle, labile Stimmung. Rascher Wechsel ist möglich. Mit Blau hat er anfangs schlechte Erfahrung gemacht: Kühle, Ablehnung.
Als Hagen heute das Büro betritt, trägt sie eine lila Brille, passend zu ihrem Pullover und einer Kette mit einem rosa Kunstklunker. Hagen denkt an die baumelnden geschnürten Sandalen. Ob die lila Brille ein gutes oder ein schlechtes Zeichen sei, fragt Hagen. Die Koscinsky rückt ihren Stuhl ein wenig vom Schreibtisch ab, dreht sich zu Hagen und schlägt die Beine übereinander.
„Was meinen Sie?", fragt sie zurück.
Sie zeigt gern ihre Beine, die trotz des fülligen Oberkörpers schlank sind. Die Sandalen trägt sie diesmal nicht, dafür Ankle Boots mit hohem Absatz.
„Sie können mich jederzeit alles fragen", sagt die Koscinsky. „Ganz unabhängich von der Brillenfarbe."
Mickersen kommt aus seinem Büro, bleibt einen Moment stehen. Ob alles in Ordnung sei, fragt er.
„Alles in Ordnung", sagt Hagen und Mickersen verschwindet.
„Nie", sagt die Koscinsky, „ist ma' hier mal alleine.

Nie", schiebt sie nach, „sind wir hier alleine, oder, Herr Burbeis?"
Und Hagen sagt, dass es doch letztlich gut sei, wenn man nicht allein sei, und die Koscinsky fragt, ob er denn sonst manchmal allein sei, und Hagen sagt, ja, oft, abends. So gibt ein Wort das andere und es wird heiß im Raum. Das mit dem Alleinsein, so die Koscinsky, könne man doch vielleicht vorübergehend ändern, könne sie vielleicht mal ändern. Sonntags, so Hagen, sei es besonders schlimm und bald sei ja wieder Sonntag.
„Jaja, sonntags", seufzt die Koscinsky.
Mickersen kommt zurück und fragt, ob er helfen könne.
„Neinnein", sagt die Koscinsky, man habe es gerade klären können, und streicht den Rock über den Oberschenkeln glatt, während sie den Schreibtischstuhl einparkt hinter dem Tisch und der Blick über dem lila Brillengestell zu Mickersen geht und dann zu Hagen.
„Also, meine Herren", sagt sie, und Hagen sagt „na denn" und macht auf dem Absatz kehrt. Hat er so auch noch nie gemacht, auf dem Absatz drehen wie ein folgsamer Soldat.

Hagen denkt nach dem Nachtdienst zu Hause über die Koscinsky nach. Und über den Doktortitel. Er schreibt „Dr. Burbeis" auf einen Zettel. Es gefällt ihm. Er könnte sich dann Visitenkarten drucken lassen. Worum kann es denn in so einer Doktorarbeit gehen? Hagen hat keine Ahnung. Er hat kein Interesse an Wissenschaft, aber die Namenserweiterung interessiert ihn. Und der Bund mit Mickersen. Was könnte er denn mal forschen? Er schreibt das Wort „Kardiologie" und verbindet es mit dem „Dr. Burbeis". Dann umkreist er die beiden Wörter. Und um den Kreis kritzelt er noch kleinere Kreise. Darüber sitzt er eine Weile lang gebeugt, dann schraffiert er jeden zweiten Kreis und vertieft sich schließlich in die grafische Ausarbeitung dieses Mandalas. Er hat keine Idee. Er braucht Hilfe und surft ein bisschen im Internet unter den Begriffen „Promotion und Kardiologie". Eine klar umrissene Aufgabe braucht er. Wen könnte er fragen? Kosloff, Sartin, Fenyak und Niko haben keinen Titel. Anja hat diesen österreichischen All-inclusive-Doktortitel und zu Philomena hat er leider noch keinen Zugang. Aber er könnte Chen anrufen. Chen Oberstauf. Die einzige Verbindung zur Elite seines Semesters. Er findet Chens Adresse als Mitarbeiter einer Arbeitsgruppe für Physiologie der Zellkommunikation an der Charité in Berlin. Chen ist auf der Website des Instituts zu sehen: ein bebrillter Asiat mit einem süß-sauren Lächeln. Auf dem Foto sieht man nicht, dass er eins fünfundneunzig ist. Der wird ihm helfen, denkt sich Hagen und gibt die Nummer ein.

Hagen wird zweimal verbunden, dann ist Chen tatsächlich dran und weiß ihn sofort einzuordnen, er hat ein Terabytegedächtnis. Aber Punzlau kennt er nicht. Er will genau wissen, wo das liegt. Hagen hört im Hintergrund, wie Chen nebenher etwas eintippt, Punzlau sucht, wahrscheinlich. Ob Hagen wegen der Frauen dorthin gegangen sei, fragt Chen. Kichern folgt der Frage durch den Hörer, Chen findet alles, was mit Frauen zusammenhängt, lustig. Hagen sagt, die Frauen hier seien sehr naturbelassen, und Chen freut sich schon wieder. Das war ihr Deal im Studium: Chen erklärt Biochemie und hilft bei Physiologie, Hagen redet über Frauen, nimmt Chen mit in die Stadt und macht ihn kichern.

Hagen redet jetzt über die Promotion und Themen, von denen er nichts versteht, hört seinen Wörtern hinterher, murmelt sie leise vor sich hin und macht sie sich zu eigen. Chen sagt, es gebe nur zwei Arten medizinischer Forschung bei den üblichen Doktorarbeiten: alte Methoden bei neuen Krankheiten oder neue Methoden bei alten Krankheiten. Den Satz merkt sich Hagen. Was davon er selbst betreibe, fragt er Chen. Das sei etwas anderes, sie machten echte Forschung hier, Entdeckungsreisen eben, erst explorativ-hypothesenbildend, dann hypothesengetrieben, antwortet Chen. Das merkt sich Hagen auch. Chen hat inzwischen Punzlau geortet. Da oben, sagt er, gibt es keine neuen Methoden und wahrscheinlich auch keine neuen Erkrankungen. Vielleicht gibt es Krankheiten in ungewöhnlich späten Stadien, aber das ist höchstens etwas für eine Kasuistik.

„Also musst du dir", sagt er, „eine neue Krankheitsentität ausdenken oder eine Methode importieren. Das ist sowieso billiger." Unbedingt müsse Hagen aber mal wieder nach Berlin kommen. Denn er wolle nach Feierabend mal wieder was erleben. Und das gehe am besten mit ihm, mit Hagen, sagt Chen. Sie tauschen Adressen, dann muss Chen ein Reagenz ansetzen und Hagen sagt, er müsse dringend auf Station, obwohl das gar nicht stimmt.

Mickersen findet den Satz gut, den Satz mit den Methoden und den Krankheiten. Pragmatischer Ansatz. Hätte von ihm sein können, sagt er. Und eine Woche später sagt Mickersen, er hätte da was: *„Single Power Echo Tackling"*, Akronym SPET. Im Kardiologensprech heißt das „Speckling". Anzuwenden im guten alten Echokardiogramm, aber on top. Superneu. Speerspitze Forschung, er wisse schon. Er kenne den Menschen von der Firma und sie bekämen das Gerät und die Software für sechs Monate umsonst. Die Firma wäre sehr an den Ergebnissen interessiert. Klingt gut, denkt Hagen. Außerdem soll ihm Nadja, die MTA aus der Echokardiografie, zur Hand gehen.

„Klingt gut", sagt er. Ob er die Firma mal anrufen soll? Das würde Mickersen gern selbst machen. Eine Hand

wäscht die andere. Mickersen macht einen Zeitplan.
„Ziel ist", sagt Mickersen, „dass wir in achtzehn Monaten ein gutes internationales Paper draußen haben. Im oberen Drittel der Impact-gelisteten Kardiologiezeitschriften." Und dass heiße auch: Spaß beiseite, *peak performance under peak pressure*.
„Warum achtzehn Monate?", fragt Hagen.
„Zwei Babys, Ihres und meins", sagt Mickersen. Seine Hand kommt ganz braun und sehnig aus dem weißen Kittelärmel geschossen, schüttelt Hagens Hand und verschwindet wieder unter der Kittelvorhaut. Dann steht Hagen allein im Flur.

Sobald der Summer ertönt, vibriert die Tür leicht. Doberer stößt sie hastig auf. Immer noch steigt Angst in ihm auf, wenn er in den Türrahmen gedrückt steht und auf dieses Summen wartet. Wenn er gegen die Tür drückt und schließlich im Haus verschwindet. Wie eine Flucht vor dem Vater, früher. Die Tür fällt ins Schloss, keiner kann ihn mehr sehen. Alles andere liegt hinter ihm.
Doberer ist schon die Treppe hinaufgestiegen. Der Geruch von Duftlampen und Körperölen legt sich schwer über ihn. Er saugt ihn auf wie ein Kind einen Kuchengeruch. Am oberen Ende der Treppe steht eine Thai, die ihn erwartet. Sie lächelt. Meist ist es dieselbe, die Chefin. Jedenfalls glaubt Doberer, dass das die Chefin ist. Er ist ja auch Chef, man merkt so was, denkt er. Manchmal hat sie traditionelle Kleidung an oder das, was Doberer dafür hält, manchmal nur einen Bademantel. Einmal trug sie einen schwarzen Hosenanzug aus einem transparenten Stoff. Um die Taille war ein Gürtel mit breiter Schnalle geschnürt. Der Ausschnitt war ein spitzwinkliges Dreieck bis zum Nabel, die Brüste waren nur halb bedeckt, die andere Hälfte war durch den Stoff zu erahnen. Doberer hat oft daran denken müssen, manch-

mal auch in der Klinik, in Besprechungen oder bei einem Vortrag, das hat ihn geärgert. Wir haben nur Platz für eine begrenzte Anzahl von Bildern in unserem Kopf. Tausend vielleicht, denkt er. Und die würde er sich gern selbst aussuchen.
Man weiß nie, was die Chefin am Leib hat und welche Frau einen massieren wird. Er erkennt kein System, keine Kleiderordnung und keinen Dienstplan, das beunruhigt ihn. Aber, denkt er, vielleicht ist es auch das, was ihn immer wieder in dieses Hinterhaus zieht: die Ungewissheit, in welches Zimmer man ihn führen wird. Wen er aussuchen wird, wie er massiert werden wird und wie er sich fühlt, wenn er nach Hause kommt. Es sind kleine, reizvolle Variationen eines vertrauten Themas.
Er glaubt, dass man ihn inzwischen hier kennt. Und dass man ihn vielleicht auch schätzt. Dass man weiß, dass er nicht nur hinterher duscht, sondern auch davor. Er würde gern einmal eine der Frauen fragen, ob sie mit ihm ausgehen möchte. Oder ob er sie massieren dürfte. Aber das geht sicher nicht.
Wenn die Frauen fragen, wie er heißt, oder wenn sie ihren Namen sagen, dann sagt er im Gegenzug: „Peter", obwohl er Hans-Jürgen heißt. Das ist nicht richtig gelogen. Hier ist er Peter. Hans-Jürgen macht so was nicht.
Die Frau oben an der Treppe sagt „Hallo". Sie gibt einem ihre weiche Hand. Dann geht sie voraus, den Flur entlang, und Doberer kann ihren Gang beobachten, er sieht, wie der Hintern wiegt. Wenn er nach einer Stunde wieder geht, bemerkt er, dass manche der Frauen kastige Körper haben, keine Taille oder Stummelbeine. Wenn er kommt, denkt er das nicht. Auf dem Weg zu den Zimmern, hinter der Frau, ist er zu aufgeladen, durch den Geruch, durch seine Aufregung. Es ist ihm dann recht, wenn die Frauen nicht so schön

sind. Er schämt sich weniger, wenn er sich auszieht. Doberer fühlt in der Tasche nach, ob das Geld noch da ist. Er hat es abgezählt in der Hosentasche, achtzig Euro, mehr will er nicht ausgeben. Meist zählt er zweimal nach. Seine Brieftasche will er nicht hervorholen, er will nicht zeigen, wo sie steckt. Wenn die Frauen mehr Geld wollen, wird er sagen, dass er doch nicht möchte. Aber er weiß, dass es nicht mehr kosten wird. Vor dem ersten Mal hat er sich im Netz informiert. Manchmal kostet es auch nur siebzig, dann freut sich Doberer und will sich den Namen und das Gesicht der Frau merken, bei der es nur siebzig kostet. Aber er vergisst den Namen und das Gesicht. Denn hinterher denkt er: Ob siebzig oder achtzig, was macht das schon? Hinterher geht es ihm gut, jedenfalls eine Zeit lang. Sein Atem geht dann tiefer in ihn hinein und er schmiegt sich in den Fahrersitz seines Wagens. Es ist alles in Ordnung in der Welt, denkt er dann. Früher hielt das Gefühl hundertzwanzig Minuten an. Aber die Dauer des Effekts hat sich verkürzt. Doberer hat Angst, dass er eine Sucht hat, dass ihm das Leben entgleitet, hier, im Hinterhof.

Das erste Zimmer, das vom Flur abgeht, ist das Milchglastürzimmer. Die Tür ist immer angelehnt. Aus dem Spalt dringt ein Singsang auf Thai. Doberer wird meistens gleich in das zweite Zimmer geführt. Ein paarmal war es auch das dritte. Die Tür des zweiten ist dann geschlossen, und man weiß, dass dahinter ein nackter Mann liegt und eine nackte Masseurin neben ihm kniet oder auf ihm oder zwischen seinen Beinen. Man sollte, denkt Doberer, auch die hinteren Zimmer mit einbeziehen, damit die Abnutzung gleich ist, denn nur die vorderen zu renovieren, so alle fünf Jahre, das lohnt nicht.

Die Frau führt ihn den Flur entlang. Heute sind zwei Zimmertüren verschlossen. Sie bringt ihn in eines der letzten Zimmer. Sie sagt, dass er einen Moment warten

soll. „Warten, bitte", sagt sie. Manche sagen „Schatzi" zu ihm. Das „Schatzi" hat eine Bedeutung, weiß Doberer. Die, die Schatzi sagen, massieren schlechter, sind aber besser beim Body-to-Body und beim Happy End. Und sie machen auch all inclusive. Aber das will Doberer gar nicht, er will gar keinen Sex. Das ist ihm zu intim. Andererseits machen die, die „Schatzi" sagen, früher Schluss. Sobald Doberer gekommen ist, sein Sperma noch warm auf dem Bauch, fragen sie ihn, ob er duschen will. „Nomaa dusche?", fragen sie und beginnen, die Kleenextücher zusammenzuknüllen. Einmal hat Doberer gesagt, er habe doch für eine volle Stunde bezahlt. Doberer tippte mit den Fingern auf seine Armbanduhr. Die Frau tat, als verstehe sie Doberer nicht. Er hat sich ihre Augen, ihre Brust und ihren Hintern gemerkt. Einmal hat er sie bewusst gemieden, aber jetzt scheint sie nicht mehr da zu sein. Inzwischen ist Doberer ein alter Hase. Er denkt, wenn mal einer neu wäre in dem Business, dann könnte er ihm einiges erzählen. Es gibt Chats dafür, im Internet, aber Doberer macht das nicht. Die Chefin am Treppenabsatz führt jeden Ankommenden immer gleich in ein Zimmer und regelt, wer wann zum Duschen geht, damit die Männer sich nie begegnen. Manchmal hört er einen anderen Mann sprechen oder aufstöhnen. Manche lachen sogar. Deshalb spricht Doberer wenig hier und wenn, dann gedämpft. Nicht dass seine Stimme die dünne Wand durchdringt. Man kennt ihn in Punzlau, glaubt er.
Doberer weiß, dass gleich die Frauen kommen und sich vorstellen. Als er anfing, hierher zu fahren, war es ihm unangenehm, eine Frau auszusuchen. Aber er hat daran gearbeitet, den Moment zu genießen. Er lässt sich jetzt mehr Zeit. Sie stehen im Halbkreis um ihn. Manchmal nur zwei, manchmal fünf Frauen und schauen ihn an. Immer wieder sind neue Frauen dabei und andere sind weg, die vergisst er dann. Vielleicht kommen sie ja

auch wieder nach ein paar Monaten und er hält sie für neu. Vielleicht gibt es ein Rotationssystem mit anderen Massagesalons. Die Arme der Frauen sind meist in die Hüften gestemmt oder baumeln ziellos herunter. Manchmal streckt eine die Hand aus und sagt ihren Namen, einige kauen. Doberer glaubt, dass sie immer köcheln, essen und reden hinter der Milchglastür. Er fragt sich, ob sie auch über die Männer sprechen. Ob sie über ihn sprechen. Manchmal singen sie sogar. Die in Jeans und T-Shirt vor ihm stehen und die, die kauen, die nimmt er nicht, denn die sind nicht bereit, denkt er. Ob sie ihn wiedererkennen? Vielleicht erkennen sie ihn an seinem Geschlecht. Er hat mal gelesen, dass Prostituierte ihre Freier immer am Schwanz erkennen.

Wo die Frauen wohl wohnen?, fragt sich Doberer. Vielleicht wohnen auch welche hier im Hinterhaus. Betten sind ja da, ein Bad und eine Küche.

Doberer verschränkt die Arme vor der Brust. Sie kommen nacheinander ins Zimmer. Man müsste einen Kriterienkatalog für die Auswahl erstellen, denkt er. Aber das würde nichts nützen. Es ist die Stimmung, die eine mitbringt, es ist der Blick, mit dem sie einen ansieht, und Faktoren in einem drin, die man nicht kennt und die Doberer auch nicht kennen will. Diesmal stehen drei Frauen auf dem Flur, und Doberer steht im Türrahmen des Massagezimmers. Die Frau, auf die er zeigt, hat Hasenzähne, aber riesige Brüste. Die anderen beiden entfernen sich. Die Frau fragt, was er möchte. Er möchte eine Stunde Massage, aber mit Body-to-Body und Happy End. Sie breitet stumm die Handtücher auf dem Bett aus. Doberer nickt. Dann sagt sie, dass sie Joy heißt, und fragt, ob er duschen will, und er will. Er dusche immer davor, sagt er. Sie holt ihm ein Handtuch und Badeschuhe und er gibt ihr das Geld. Immer davor erledigt er das, und sie lächelt, verbeugt sich mit Kotau und verlässt das Zimmer.

Doberer weiß, dass er sich jetzt ausziehen muss und mit den Plastikschlappen und umgelegtem Handtuch zur Dusche gehen kann. Er stolpert, als er im Stehen die Unterhose auszieht. Er fällt auf den Teppich. Er merkt, dass er rot anläuft und sein Herz schneller geht. Das ärgert ihn, das Stolpern, seine Unruhe. Aber nur er weiß davon.
Er muss jetzt den Flur entlang zur Dusche. Da darf ihm keiner begegnen von den anderen Kunden. „Mein Selbstvertrauen steckt im Anzug." Der Satz kommt immer zu ihm, wenn er nackt ist. Manchen Männern meint er anzusehen, dass sie nackt noch selbstbewusster werden. Köcher zum Beispiel, der Urologe. Dem traut er zu, dass er in solchen Läden hier seine gesamte Freizeit verbringt.
Doberer versucht, in die Schlappen zu schlüpfen, aber die Schlappen sind zu klein oder seine Füße sind zu breit und zu lang. Seine Fersen hängen über. In Asien zieht man immer irgendwelche Schlappen an. Das Handtuch löst sich, als er zur Tür herauswill. Sein Schwanz ist kleingeschrumpelt. Er schlingt sich das Handtuch um und schlappt über den Gang zur Dusche. In der Küche hört er die Frauen durcheinanderreden. Er macht mit dem Duschstrahl seinen Schwanz ein bisschen dicker. Er stellt sich nach dem Abtrocknen vor den Spiegel und betrachtet sich. Er macht ein gewinnendes Lächeln. Das soll ja rückwirken, auf die Stimmung. Genießen will er das jetzt, verdammt. Er muss noch sein Smartphone ausstellen.
Als er wieder im Zimmer ist, weiß er nicht, was er tun soll. Die Frauen brauchen immer ein bisschen, das rechnen sie meist auf die Stunde an, was er nicht richtig findet. Er könnte sich auch schon nackt auf den Bauch legen. Dazu bräuchte es viel Vertrauen, denn die Tür ist nicht abgeschlossen. Also wechselt er Stand- und Spielbein und schaut sich um, er ist zum ersten Mal im Zimmer vier. Da ist ein Bild von einem

Sonnenuntergang hinter einem Sonnenblumenfeld. Die Wand ist in dem Orangeton gestrichen, den seine Lieblingsnachspeise in der Kindheit hatte. Man musste damals nur ein Pulver in heißes Wasser rühren.
Ein CD-Player mit Insektenaugenlautsprecher steht auf dem Fensterbrett. Das Fenster wird durch einen blauen Vorhang verdunkelt. Doberer teilt ihn mit Daumen und Zeigefinger. In einem Innenhof laden zwei Arbeiter Zementsäcke von einem Laster, so spät abends, da stimmt sicher was nicht. Dahinten, da ist die Klinik. Doberer zieht den Spalt wieder zu.
Joy tritt ein und schließt die Tür ab. Sie hat sich ein Handtuch umgewickelt, darunter ist sie nackt, weiß er. Zimmer zwei hat einen Spiegel, sodass man auch in Bauchlage die Frauen dabei beobachten kann, wie sie massieren, wie sie sich anstrengen für einen. Wenn sie die Arme symmetrisch nach vorn strecken, werden ihre Brüste zusammengedrückt und es entsteht dieses große Geile, wenn Frauenkörperteile künstlich begrenzt und geformt werden, durch Riemen, Textil oder Muskelkraft. So ähnlich, nur nicht ausformuliert, denkt er, und dann denkt er, dass er ja seine Brille ablegen muss und daher weniger sieht, und er ärgert sich darüber, obwohl er das nicht will, als er sich auf den Bauch gleiten lässt, seinen Schwanz nach rechts auslegend, während Joy, dem Geräusch nach, ihren Bademantel auszieht.

Doberer taucht in der Frühbesprechung der Ärzte auf. Das ist selten und hat Bedeutung. Mickersen bleibt stehen. Er setzt sich nicht hin wie sonst immer. Doberer steht neben ihm und breitet die Arme aus wie der Heiland. Alles wird ruhig und starrt auf das Duo Mickersen und Doberer (Niko nennt sie: „Mickerer") – Doberer etwas größer, etwas blasser, etwas weniger tonisiert. Sie stehen da und warten, bis es angemessen still wird.

„Nun, liebe ärztliche Kolleginnen und Kollegen, ich habe eine gute Nachricht." Doberer reibt sich die Finger. „Nach langjährigen Bemühungen ist es so weit. Der Ministerpräsident Doktor Schlesiger kommt. Zu Ihnen. In die Dubio-Klinik nach Punzlau. Endlich."
Mickersen nickt wärenddessen immer wieder leicht mit dem Kopf.
Kosloff murmelt etwas in seine Faust.
„Und er kommt nicht allein, sondern mit einer Kommission. Mit dem Gesundheitsexperten der Fraktion, Dünnbier, ja, *dem* Dünnbier."
Wieder nickt Mickersen und ergänzt: „Und eben nicht nach Schwelck, sondern zu uns, nach Punzlau."
„Zu uns, meine Damen und Herren. Zu Ihnen. Mit Pressekonferenz!" Doberers Kopf hat die Blässe verloren.
Das sei das Großereignis für sie alle und dass man eine Taskforce, sofort eine Taskforce und so weiter. Ja, eine Taskforce.
Man will Schlesiger und Dünnbier am Haupteingang abholen, ein kleines Komitee soll das tun, Mickersen spricht von einem Kernteam: Geschäftsführer, Chefärzte. Aber eben auch Fußvolk, eine ausgewählte Schwester, eine junge Ärztin oder ein junger ärztlicher Kollege, diese Frau Doktor Garbeleit, Philomena, genau, und der Herr Burbeis, ja warum denn nicht? Dazu natürlich die Pflegedienstleitung. Die Harderer fragt nach Patienten. Bestimmte, geeignete Patienten sollten an Schlüsselpunkten sitzen.
„Geeignete Patienten", wiederholt Sartin leise.
Als Erstes will man die Eingangshalle zeigen, die kann sich sehen lassen, eigentlich ein Industriehallenbau, aber verschalt und verschönert, mit Halogendeckenlichtspots (Sternenhimmeleffekt), Zimmerpalmen (Hydrokultur), kleinem Springbrunnen, Kiosk, Sitzgrüppchen und mit dem Tresen, an dem Herr Dölze oder Frau Dost sitzen.
„Sorgen Sie dafür, dass an diesem Tag Frau Dost Dienst

hat", sagt Doberer leise zu Frau Dönitz von der Pflegedienstleitung, die inzwischen dazugestoßen ist.
Das würde ein guter Anfang werden: Präsentation der Eingangshalle, Teil A des Plans. Dann Teil B: Demonstration des praktischen Wegesystems. Der zentrale Weg zum Tresen, der rote Kunststoffweg zur Notaufnahme, gelb zum Fahrstuhl und den Stationen, blau zur Radiologie und grün zur Verwaltung. Das Farbkonzept war Gegenstand ausgiebiger Diskussionen und Hauptthema in zwei Mitarbeiterversammlungen. Doberer hat es damals „Mitarbeiterfolklore" genannt, aber jetzt ... Gemeinsam wurde damals eine Entscheidung getroffen, so geht das hier! Das Farbkonzept soll von einer Schwester erläutert werden („Wer in der Pflege interessiert sich für Farben?"). Doberer hat eine Schwester der Intensivstation vor Augen, an deren Namen er sich nicht erinnern kann. Er versucht, sie der Dönitz vorzuschlagen, ohne die Wörter hübsch, attraktiv oder scharf zu benutzen. Er sagt „repräsentabel". Die Dönitz aber will Schwester Henriette, da ist nichts zu wollen. Henriette ist die Kronprinzessin.
Dann will man über die chirurgische Station S1 gehen (Frau Dönitz erläutert: „S1 steht für Surgery1"). Anerkennend nicken sollen sie, die Besucher. Danach soll das Grüppchen vor der Notaufnahme defilieren. Dort folgt eine pointierte Erläuterung von Doktor Ecklundt aus der Anästhesie zum Thema: „Wem gehört die Notaufnahme, dem Chirurgen, dem Internisten oder dem Anästhesisten?" (Fazit: allen zusammen, Teil D), dann zum Herzkatheterplatz (Mickersen, E), kurzer Blick in den OP (Zentral-OP genannt, Wortführung Wulke, Teil F).
Die Dönitz sagt, sie könne jetzt Teil C nicht finden. Keiner antwortet. Doberer sagt, sie sollten eine OP per Stream nach draußen übertragen. Irgendwas mit Blut, aber ästhetisch, verstehen Sie? Haben Sie so was am

Freitag auf dem Plan? Bei Ihnen wäre alles mit Blut und ästhetisch, sagt Wulke. Er hat sich vor Kurzem die Zähne machen lassen und lächelt jetzt öfter. Von dort soll es in den kleinen Konferenzsaal gehen, kurzer Vortrag. Thema: „Leistung und Vision" (Doberer, Teil G), Häppchen, Ende. Der Ministerpräsident hat maximal eine Stunde. Es folgt eine kurze Stellprobe. Wer soll vorne stehen?

Donnerstag Generalprobe unter dem Titel: „Der Besuch", so steht es in der Betreffzeile der E-Mails. Alle Redner sollen sich kurz fassen, schreibt Mickersen. Hagen bekommt sie auch, diese Mails, weil er mitgehen darf, als Nachwuchsarzt, so wie Philomena. Mickersen sagt, Frau Garbeleit und Hagen seien für Fotos wie gemacht.

Bei der Probe macht Mickersen die Lippen schmal. Die Dönitz mit ihren multiplen Anreden, sehr geehrter Herr Ministerpräsident, sehr geehrter Herr Dünnbier, meine sehr und so weiter. Frau Dönitz, wie wäre es, beginnt Mickersen. Auf keinen Fall, sagt die Dönitz, schon ahnend, was Mickersen meint. Keiner will kürzen. Ob man die Häppchen nicht während Doberers Vortrag einnehmen könne, fragt die Dönitz. Kein Problem, sagt Doberer, aber das glaubt ihm keiner.

Doberer ist unruhig. Freitag, der große Tag. Fickrig, denkt er, fickrig bist du, alter Junge. Er packt seine Tasche, geht die Rede für den Ministerpräsidenten noch mal durch, läuft dabei im Zimmer auf und ab. Alte Angewohnheit. Er darf sich nicht zu sehr vom Stehpult entfernen. Das wirkt ungefestigt. Durch die Häppchen würde ohnehin Unruhe herrschen. Warum die Häppchen bei seinem Vortrag? Er legt sich den Seidenschal mit Paisleymuster um. Er ist sich nicht sicher mit diesem Muster. Er nimmt den Schal wieder ab und stopft ihn in die Jackettasche, die sich ausbeult. Der Schal wandert in den Aktenkoffer und Doberer biegt um die Ecke seines Büros auf den Flur. Schlesiger wird um elf Uhr kommen, bis elf Uhr dreißig müssen sie am OP sein, dort muss exakt dann der erste Schnitt für einen Hüftgelenksersatz gemacht werden, live aus dem OP. Köcher hat gesagt, am schönsten wäre der erste Schnitt. Man hat den OP-Plan umgestellt. Die Dönitz hat ein rotes Kleid an. Doberer sieht sie vom Fenster aus und geht hinunter. Er will ihr ein Kompliment machen, ihm fällt nichts Geeignetes ein. Frau Doktor Garbeleit hat die Haare hochgesteckt, wirkt frisch wie immer. Schwester Henriette trägt rosa Crocs an den breiten Füßen, hat sich ein Stethoskop umgehängt wie in den amerikanischen Serien und steckt in blauen Scrubs. Immerhin ohne Kaugummi. Mickersen kommt die Treppe herunter, zehn vor elf. Rhythmisches „Klack-klack" seiner Ledersohlen. Die Treppe ist ein Sportgerät.

„Frau Dönitz, wie schön, Sie in einem solchen Kleid zu sehen!" Er flüstert es fast.

Woher kann er das?, fragt sich Doberer.

Nun stehen sie da. Elf Uhr fünf. Doberer sieht der Dönitz auf die Beine. Was so ein Paar Absätze ausmachen kann, denkt er und räuspert sich. „Uhrenvergleich", sagt er zu Mickersen. Elf Uhr sieben, auf beiden Uhren. Die können sich's leisten, zu spät zu kommen, denkt Doberer. Da musst du noch hinkommen. Anruf von der Pforte, von Dölze, direkt an Mickersen. Mickersen hört zu, verzieht keine Miene und drückt Dölze weg, keine Verabschiedung, kein Gruß.

„Die Limousine steht seit zehn Minuten vor der Notaufnahme", sagt er trocken. Aufgerissene Augen, sofortige Bewegung Richtung Notaufnahme. Warum der Dölze am Tresen sei und nicht Frau Dost, fragt Doberer die Dönitz im Gehen. Die Dönitz weiß es nicht, will sich aber darum kümmern. Das müsse restlos aufgeklärt werden. Das Gehen auf den hohen Absätzen fällt ihr

schwer. Philomena Garbeleit und Mickersen sind am schnellsten an der Notaufnahme. Der Ministerpräsident sei verhindert. Nur Dünnbier ist gekommen. Er schaut in Richtung des heraneilenden Empfangskomitees. Händeschütteln, Beschwichtigungen von allen Seiten, Nicken.

„Wir wollten“, sagt Dünnbier und biegt dabei seine ineinander verschränkten dünnen Finger hin und her, „wir wollten da ankommen, wo die Patienten auch ankommen.“

„Bei den Patienten sind wir aber besser vorbereitet“, sagt Köcher, alles lacht, Spannung entweicht wie Luft aus zerstochenen Reifen. Das kann Köcher, er ist ein Stammtischheld. So müssen Urologen sein, findet Doberer.

Begleitet wird Dünnbier von einer Frau Velden oder Felden, die hier keiner kennt. Doberer muss jetzt improvisieren. „Route wird neu berechnet“, denkt er. In der Notaufnahme herrscht Leere, ein Penner liegt auf einer Matratze zum Ausnüchtern, ein junges Paar sitzt im Warteraum. Sie sehen gemeinsam auf ein Smartphone. Dünnbier geht außerhalb des Protokolls direkt auf das Paar zu, schüttelt Hände, nennt zweimal seinen Namen und erläutert die Situation. Ob er fragen dürfe, was sie hierherführe und wie lange sie schon warteten.

„Pille danach“, sagt der junge Mann und: „Halbe Stunde.“

„Hier kann es ganz plötzlich ganz voll werden“, sagt Doberer.

„Toll, dass Sie WLAN haben“, sagt Dünnbier beim Weitergehen. Er führt die Gruppe an, mit der Velden oder so. Die Dönitz versucht, zur Spitze aufzuschließen. Wulke nimmt den Aufzug, um die Gruppe vor dem OP abzufangen.

Aber sie sind zu schnell und elf Uhr zwanzig schon am OP. Zwei Pfleger sitzen vor der Umkleide, einer fuchtelt dem anderen mit einer gebrauchten Socke im Gesicht herum. Wulke stellt sich davor.

„Das ist mein Reich“, sagt er zu Dünnbier und der Velden. „Wir schauen mal, was die Kollegen gerade operieren.“
Man hat einen Bildschirm aufgestellt, eine Kamera ist auf rotbraun bepinseltes Fleisch gerichtet, quadratisch umrahmt von grünen OP-Tüchern.
„Wir haben Glück“, sagt Wulke zu den Zuschauern, „die Kollegen in Saal C fangen gerade an.“
„Sollte es nicht Saal A sein?“, flüstert Doberer Schwester Henriette zu.
„Keine Ahnung“, sagt Henriette. „C klingt aber besser, nach mehr.“
Es ist nicht klar, welchen menschlichen Körperteil man da grün eingerahmt sieht. Wulke und Köcher tuscheln, sie sind sich auch nicht sicher.
„So ist das manchmal im OP“, sagt Köcher, „man weiß nicht, was einen erwartet.“
Er werde das aber gleich wissen, nach dem ersten Schnitt. Grüne Handschuhe kommen ins Bild. Sie halten ein Skalpell. Das Skalpell wird aufgesetzt, dellt das Fleisch minimal ein, und dann sieht man einen schmalen roten Blutstreifen, dann Muskelfleisch wie in der Auslage. Plötzlich quillt Eiter.
„Wow, Scheiße, nee!“, hört man durch den Lautsprecher aus dem OP, wie beim Höhepunkt eines Feuerwerks. Das Fleisch, das man sieht, ist eine Arschbacke.
„Abszessspaltung, gluteal“, sagt Köcher. Eiter quillt weiter. Weiß-braun-rotes vom Hintern an gelbem Eiter mit grünen Abdecktüchern.
„Guck dir die Sauerei an“, hört man einen Chirurgen sagen.
„Wir machen alles, was kommt“, sagt Wulke schnell zur Velden.
Sie schaut auf seine Zähne mitten im gebräunten Gesicht. „Sie sind der Chirurg“, sagt sie, und er weiß nicht, wie der Satz zu deuten ist.

Es geht zum Herzkatheterlabor, Mickersen übernimmt. Mickersen will alles einrenken, er doziert, demonstriert Herzkathetersysteme und wedelt mit einem Katheter in der Luft herum. „Damit kriegen wir fast alles auf.“ Dünnbier lächelt, es läuft jetzt gut, man zieht weiter. Frau Garbeleit wird angewiesen, die Häppchen in die Eingangshalle zu holen. Die Gruppe geht jetzt außerplanmäßig an der Radiologie vorbei. Mickersen ist in Form. Er lässt die Herrschaften, wie er sagt, durch die abgedunkelten Scheiben in die Radiologie schauen. „Dort sitzen die Radiologen“, sagt er, „wie nachtaktive Tiere in einem abgedunkelten Terrarium.“ Dünnbier lächelt.

„Jetzt achten Sie auf die gelbe Fußmarkierung“, sagt Henriette, „dahinten stößt dann die grüne dazu, dann die rote, die dann wieder abbiegt. Haben wir genau überlegt, das System.“ Das gefällt Dünnbier. „Das sollten wir im Amt auch so machen“, sagt er zu der Velden. Sie tippt das in ein Tablet.

Wulke macht schon mal den kleinen Konferenzraum auf.

„Da sind Häppchen drin“, sagt er.

Dünnbier antwortet, dass das aber nicht nötig und dass sie ja ohnehin kaum Zeit, während er sich einen Überblick über die Häppchen verschafft und die Hände reibt. Doberer geht zum Rednerpult und räuspert sich. Eine PowerPoint-Folie erscheint an der Wand „Leistung und Vision, Vision und Leistung“, steht darauf. Dünnbier hat sich neben ihn gestellt.

„Sehr beeindruckend“, sagt er, „auch, was für gut aussehende junge Ärzte Sie hier haben.“ Er weist mit einem Lachshäppchen in der Hand auf Philomena und Hagen.

Ein LKW hatte vor drei Wochen das Leihgerät für die Speckling-Untersuchungen geliefert. Mickersen war im

Souterrain um den weißen Elektronikblock herumgelaufen wie ein Pilger um die Kaaba. In den folgenden Tagen hatte sie ein Techniker in die Geheimnisse des Specklings eingewiesen. Dann zwang sich Hagen auf Philomenas Anraten, jeden Abend mindestens zwei Patienten mit SPET zu untersuchen. Wie beim Herzultraschall musste man dem Patienten in Linksseitenlage mit der SPET-Sonde über den Brustkorb fahren und das Herz vermessen. Hagen brauchte anfangs für jeden eine volle Stunde. Seine Knochen wollten nach Hause, er wollte nicht mehr runter in den Keller. Philomena hatte ihm geraten, er solle es sich dort unten schön machen. Daraufhin hatte sich Hagen einen kleinen Kühlschrank besorgt. Und Philomena hatte ihm einen Ficus gekauft. Außerdem hatte sie ihn gefragt, ob er wegen der Arbeit einen Ethikantrag gestellt hätte. Ihr Doktorvater und sie hätten vor Beginn ihrer Doktorarbeit in der Dermatologie („Molekulare Mechanismen epithelialer Abwehr bei Scabies") einen Ethikantrag stellen müssen. Hagen sprach Mickersen darauf an.
Mickersen meinte, der Aufwand für den Ethikantrag sei größer als für den ganzen Rest. Außerdem wäre es bei Frau Garbeleit um Krätze gegangen, was ethisch etwas völlig anderes sei als Herzklappen.
Jetzt beugt sich Mickersen über Hagens Schulter und blickt auf den Computerbildschirm im Keller, auf dem die Daten der ersten fünfzig Patienten zusammengestellt sind.
„Das", sagt Mickersen, „ist der aufregendste Moment eines Projekts: der Blick in die gehobene Schatztruhe, Sie verstehen, ja? Auch wenn es nur ein erster Eindruck ist ... Aber wir müssen an den Daten mal riechen, wie mein alter Chef zu sagen pflegte. Kronzucker. Kennen Sie den?"
„Hat man gehört", sagt Hagen. „Aber persönlich natürlich nicht."
„Eigentlich ein Schwein", sagt Mickersen, „aber jetzt,

mit etwas Abstand, kenntnisreich, weise, ein guter Kerl."
„Verstehe."
Am Fenster steht der Ficus, dem es nicht gut geht. Wenige Blätter, ein paar liegen gelb daneben auf dem Boden.
Kosloff hat Hagen hier unten besucht und den Ficus gesehen. „Traue keinem Arzt, der seine Pflanzen verkommen lässt", hat er gesagt.
„Fieser Tod übrigens, bei Kronzucker", fährt Mickersen fort. „Bolustod beim Mittagessen in der Klinik. Gulasch. Ein Klassiker. Jetzt denkt jeder bei Kronzucker an Gulaschbrocken. Man muss aufpassen, Burbeis."
„Unbedingt."
„Hätte ihm was Besseres gegönnt, irgendwas Schnelles, Kardiologisches. Ich finde, wir haben die besten Todesarten, wir Kardiologen. Denken Sie mal drüber nach, Burbeis." Er redet weiter und scrollt das Datensheet rauf und runter, versetzt Zeilen und Spalten. „Bevor das irgendwann zum Statistiker geht, muss ich noch mal genau draufsehen, hmmmhmm, jaja", sagt er.
Dann bombadiert er Hagen mit Fragen. Was diese Abkürzung bedeute, was jene. Wie viele er jetzt „im Sack" habe, was die Fallzahlplanung sage.
„Also, rechts mit Twicklingsignal, links ohne. Zeilen geordnet nach Schwere der Aortenstenose, stimmt das?"
„Stimmt."
„Burbeis, Burbeis ..." Mickersen holt Luft, beugt sich wieder über das Keyboard, bringt seine Nase näher an den Bildschirm, berechnet ein paar Mittelwerte und Varianzen, lehnt sich zurück, reibt sich das Sportlerkinn.
„Sieht gut aus. Sieht sehr gut aus. Das Hochfrequenz-SPET-Signal tritt erst bei hochgradiger Stenose auf, hmm, was meinen Sie? Haben wir klinische Daten?"
Hagen verneint. Mickersen steht auf.
„Wir brauchen klinische Daten, Ereignisse, Luftnot, Angina pectoris. Suchen sie Scores dafür. Ordnen Sie zu.

Burbeis, da ist Musik drin!"
Er stellt sich breitbeinig vor Hagen und beschwört ihn mit fuchtelnden Armen. Hagen solle noch mehr Daten erheben und sie „hübsch machen". Es gehe in diese Richtung: SPET zeige an, wann die Blutversorgung und damit die Stenose kritisch werde. Und zwar besser als die gesamte armselige Restdiagnostik. Ganz einfach. Ob er das KISS-Konzept kenne? *Keep it stupid and simple.* Mickersen setzt sich vor die Daten, steht auf, geht im Kreis herum und setzt sich wieder.
„Einfache Fragen, einfache Antworten. Sonst blickt keiner durch, bei den Millionen von Studien. Wir Kliniker brauchen klare Handlungsanweisungen aus klaren Studien. Burbeis, die Daten müssen gut werden, verstehen Sie?", sagt er und ballt eine Faust.
Hagen sieht, dass er heute eine große schwarze Sportuhr trägt, mit einem verstellbaren Ring um das Ziffernblatt. Eine Uhr wie eine Geschwulst.
„Wir können keine monozentrischen Daten aus Punzlau veröffentlichen, verstehen Sie? Wir haben hier ein Punzlau-Problem. Ich werde dafür sorgen, dass wir noch weitere Daten aus der Charité kriegen, da kann sich auch noch einer dransetzen und einen Doktor machen. Aber die *principle investigators*, das sind wir, also Sie, also wir. Oder wir sorgen dafür, dass Sie für eine Weile an die Charité gehen."
Er zwinkert Hagen zu und ist, zack, aus der Tür. Hagen setzt sich vor den Bildschirm. Er versucht, so schnell hin und her zu scrollen wie Mickersen. Er macht aus einer 2,3 eine 2,8. Und wieder zurück. Alles kein Problem. „Sieht sehr gut aus", murmelt er. Die Daten sind pseudonymisiert. Mickersen hat das erklärt. Das Wort gefällt Hagen, er übt es ein bisschen. Hagen sucht die Akten raus, er stapelt sie im Echokardiografielabor. Das steht draußen an der Tür. Ihm gefällt das mit dem Labor. Er schleppt ein Regal ins Labor. Er baut sich

einen Schreibtisch. Den Ficus schiebt er vor das Fenster. Er erklärt Nadja, der MTA, dass er hier jetzt noch häufiger arbeiten wird, auch spät abends. Die findet das mit dem Ficus gut. Hätte sie auch mal drauf kommen können, sagt sie. Er recherchiert nach klinischen Scores für verschiedene klinische Symptome. Es ist Anfang Oktober, es regnet. Vor dem Fenster schwimmt ein Entenpaar auf einer überschwemmten Wiese synchron. Nadja bringt ihm einen Tee.

Hagen spricht weniger als sonst. Er beobachtet sich zwischendurch beim Arbeiten und gefällt sich, als junger Forscher. Mickersen schreibt ihm Mails. Aufmunternd, nachfragend. Mickersen schreibt, man solle im Intranet der Klinik mal was erwähnen. Er schreibt Vorschläge für Überschriften. Er schreibt in einer weiteren Mail, er möchte bald eine Duftmarke setzen, wenn Hagen wisse, was er meine. Also Kongress, zumindest national. „Damit die Leute mal lernen, wo Punzlau liegt."

Alle Patienten, die bei Mickersen einen Herzkatheter kriegen, kommen jetzt vorher zum SPET, um die Daten aus dem Herzkatheter mit den SPET-Daten zu korrelieren. Und Mickersen macht jetzt häufiger Herzkatheter. „Natürlich nur, wenn es auch indiziert ist. Aber es gibt eben Grenzfälle."

Mickersen zeigt Hagen Echokardiografie. Den Schallkopf elegant wie einen Montblanc-Füller zwischen den Fingern eins bis drei halten. Nur drei Bewegungsrichtungen: Drehen oder Kippen in der Horizontalen oder Kippen in der Vertikalen. Nicht so rumfuhrwerken. Vorher denken. Hagen merkt über die Wochen, dass er besser wird. Er meint auch, dass Mickersen ihn anders ansieht. Kein wirkliches Lächeln, aber der Mund drückt sich gerade, und er nickt oder hält den Kopf leicht geneigt und gewogen.

Hagen merkt in sich eine Kraft, die er nicht kennt. Sie bläst ihn auf und macht ihn leichter. Helium, denkt er.

Er bleibt länger wach, schläft weniger, ist berauscht von sich und seiner Arbeit. Er erzählt das Nadja. Sie streicht sich das Haar zurück. Sie findet das süß, dass er sich so eine Mühe macht. Dann geht sie wieder und Hagen sieht ihr nach. Sie trägt mehrere selbstgeknüpfte Armbänder und einen Reif, irgendwas Indisches. Ihr Gang ist leicht, wahrscheinlich wiegt sie nicht viel.

Mickersen kommt abends noch mal in den Keller und freut sich, dass Hagen da sitzt.
„Wir brauchen doch ein Ethikvotum, Herr Burbeis", sagt er jetzt. „Sie schreiben, ich zahle das. Kostet für die Erstberatung fünfhundert Euro. Nicht schlecht, was?" Eigentlich sei das Schwachsinn bei so einer Studie. Aber die Charité macht ohne Ethikvotum nicht mit und man könne es schlechter publizieren. Er werde ihm mal ein paar Voranträge zu anderen Themen mailen. Da müsse man nur andere Bezeichnungen reinsetzen und sonst im Prinzip alles so ähnlich machen. Die Ethikkommission will alles sechsfach und als PDF in Zwölfer-Schrift und eine Version auf CD, alles paginiert. Hagen muss diese Wörter googeln. Er fragt Nadja, ob sie ihm hilft. Was sie dafür kriege, fragt sie. Was sie denn wolle, fragt er. Sie wohnt auch im Wohnheim. Sie wiegt wirklich wenig.
Die Auswertung macht ein Statistiker, hat Mickersen gesagt. Zu viele Faktoren, zu viele Korrelationen. Mickersen kennt einen. Der hat früher immer Mickersens Daten durchgerechnet. Er heißt Dörr, Maximilian Dörr. Bei so einem Namen will man den Vornamen immer mitsprechen. Er ist eigentlich Psychologe. Aber weil er in Statistik so gut war, ist er da hängen geblieben. Er verdiene gut. Alle bräuchten ihn, Masterstudenten, Diplomanden, Doktoranden, Firmen. Er wohnt draußen in Berlin-Dahlem.
„Das ist nicht weit von Schlachtensee, Sie erinnern sich.

Könnt ich mir nicht leisten", sagt Mickersen.
Mickersen und Hagen fahren an einem Samstag nach Berlin-Dahlem zum Psychologen. Sie fahren mit Mickersens Wagen. Man muss hochklettern, wenn man auf den Beifahrersitz will, und Hagen überlegt, wie die Mehrzahl von Auspuff heißt.
Mickersen sagt, dass der Psychologe manchmal auch ganze Doktorarbeiten schreibt. Für Leute aus der Industrie oder der Politik. Wirtschaftspsychologie und Volkswirtschaft habe er drauf. Schlauer Kerl sei das, jaja.
Es geht schnell, mit Mickersen auf der Autobahn.
„Wir dürfen das Tennismatch nicht vergessen", sagt er zwischendurch.
Der Psychologe sitzt im Garten an einem Teich, es ist ein warmer Maitag. Er begrüßt die Gäste aus dem schönen Punzlau, wie er sagt. Sie gehen ins Arbeitszimmer im ersten Stock. Dörr muss sich bücken, weil er zwei Meter groß ist. Drei Schreibtische in Hufeisenform stehen dort, vier PCs, Regale mit Handbüchern, eine Strickjacke über dem Schreibtischstuhl, zwei benutzte Teetassen.
„Könnt was sein, könnt auch nix sein", sagt der Psychologe zusammenfassend zum Abschluss.
„Wieso", fragt Mickersen, „das sind doch keine Artefakte?"
„Vielleicht nur Grundrauschen", sagt der Psychologe. Sie sollen die Fallzahl erhöhen, für eine ausreichende statistische Power benötigten sie mindestens dreihundert Fälle. Danach sollen sie sich wieder melden. Sagt er und schaltet den Monitor aus.
„Möchten die Herren am Gartenteich noch eine besondere Wasserwanzenart sehen?" Mickersen möchte eher nicht, man müsse ja noch zurück. Hagen schließt sich da an.

Doberer hat Vertreter des Betriebsrats in sein Büro geladen, einen Mann und eine Frau. Sie tragen Pullover.

Sie möchten auf die Vorschläge zur Verbesserung der Arbeitsbedingungen des Arztes Sartin Rasim zurückkommen. Sie möchten seine Forderung nach Freistellung der Muslime für das Freitagsgebet unterstützen. Selbstverständlich müsste die Arbeitszeit nachgeholt werden. Ihnen lägen aber auch die Aufzeichnungen des Herrn Rasim über seine unbezahlten Überstunden vor.
„Und dafür könnte man sehr lange beten", sagt der Mann im grünen Pullover. Er sieht Doberer an und macht einen Bedenkenträgerblick. Außerdem solle man den muslimischen Mitarbeitern die Möglichkeit geben, zwei bis drei Mal am Tag kurze Gebetspausen einzulegen. Das werde in § 616 des Bundesgesetzes empfohlen. Aber Doberer ist vorbereitet: Bei vierundzwanzig muslimischen Mitarbeitern belaufe sich das bei einem zweimaligen Achtminutengebet in einer Fünftagewoche auf zweiunddreißig Arbeitsstunden pro Woche. Dazu komme die körperliche Schwächung während des Ramadans. Der Bund der Arbeitgeber rechne mit zwanzig bis fünfundzwanzig weniger Arbeitsstunden pro Jahr durch einen Muslim.
„Und", sagt Doberer, „wenn das, was Sie da fordern, durchkommt, dann konvertieren weitere Mitarbeiter zum Islam und das Ganze eskaliert. Verstehen Sie mich nicht falsch, ich will die Debatte nicht unnötig aufheizen. Ich nehme das mit in die Führungsrunde."

Nachts im Dienst liegt Hagen auf einem Klappbett, zwischendurch schläft er ein. Man darf nicht schlafen im Dienst, sagt die Dienstordnung. Und Doberer sagt, der Nachtdienst sei keine Rufbereitschaft, auch kein Bereitschaftsdienst, sondern Arbeitsbereitschaft. Und das wiederum sei „eine Zeit wacher Achtsamkeit im Zustand der Entspannung". Und danach sagt er so was wie „Paragraf zwei AZG". Das macht er immer: Nummer

nennen, Paragraf davor und ein Gesetz dahinter.
Deswegen steht das Klappbett tagsüber gefaltet hinter dem Schrank des Arztzimmers auf Station vier und deswegen ist das Liegen auf dem Klappbett ein stiller revolutionärer Akt. Es heißt, Kosloff habe das Ding besorgt, vor Jahrzehnten.
Hagen weiß, dass er jetzt sofort schlafen muss, weil jeder Moment Schlaf kostbar ist. Bald wird das Telefon schrillen. Jemand wird sagen, dass Hagen sofort kommen muss, in die Notaufnahme oder auf die Drei. Meistens ist es die Drei, da liegen die Kränksten.
Der Notarztwagen kreist um die Klinik wie eine Roulettekugel. Du hast keine Ahnung, was kommt, es ist ein Dauerzustand der Bedrohung. Schlaf stellt sich selten ein, und wenn, dann als Ausdruck von Erschöpfung. Hagen versucht autogenes Training, aber das hat noch nie geklappt. Dann onaniert er ein bisschen, denkt an Nadja, auch an die Koscinsky, sogar an Philomena, nichts hat Wirkung. Das Nachtlicht an der Wand beleuchtet immer das gleiche kleine Rechteck des Linoleumfußbodens. Man kann es nicht ausstellen. Manche Kollegen haben versucht, es abzukleben, aber das Licht scheint an den Seiten hindurch, oder die Klebestreifen erwärmen und lösen sich. Philomena nimmt sich immer zwei Fachbücher mit ins Dienstzimmer und stellt eines vor das Licht. Fenyak hat versucht, das Licht mit einer Gabel zwischen den Metalllamellen hindurch zu zerstören, aber die Birne liegt zu tief in der Wand. Hagen lässt das Licht, wie es ist, und übt sich in Gelassenheit. Ein bisschen erinnert es ihn an das Flutlicht des Fußballplatzes bei ihm zu Hause, das noch in die Nacht leuchtete, während die Spieler bereits in der Umkleide waren. Als Hagen zur Toilette geht, stellt er seine Füße in den Schein des Nachtlichts und betrachtet die Venen auf seinem Fußrücken. Irgendwo schreit einer, immer wieder, kurz und schrill. Wie ein Tier, dessen Ruf nachts in die Safari-Lodge dringt. Es ist

aber kein Tier. Es ist ein Patient auf der Chirurgie. Sie werden Pamir rufen, Pamir ist der Arzt vom Dienst der Chirurgie. Er wird fluchen, er flucht immer.
Pamir will operieren.
„Ich will aufmachen, sehen, was los ist", hat er zu Hagen gesagt. Das Drumherum interessiert mich nicht.
Während Hagen am Klopapier hantiert, verebbt das Schreien. Stille. Ist der Schreier jetzt tot? Darf man diese Stille genießen? Meistens geht der Tod ruhig vonstatten. Am Vormittag noch ein kurzes Gespräch bei der Visite. Hingehaucht, es gehe ganz gut, keine Schmerzen und so. „Auf Wiedersehen", sagt man, ohne zu zögern, und sie nicken mit spitzen, wissenden Gesichtern. Und am nächsten Morgen hängt dieses Schild an der Tür: „Bitte vor dem Eintreten beim Pflegepersonal melden."
Er horcht nach draußen, nichts rührt sich. Es ist die vierte, letzte Nacht einer Nachtdienstserie. Er hasst die Nachtdienste, weil er sie fürchtet. Jeder fürchtet sie, aber keiner spricht davon, nur Witzchen hinterher. An den Abenden bevor man in die Nachtdienste geht, ist man kaum zu gebrauchen, abwesend, neben sich stehend. Man muss sich hineingeben, wie wenn man in einen See steigt. Sobald man schwimmt, ist es erträglich. Man vergisst die Gefahr, wenn man sich darin bewegt.
Hagen starrt den Schrank an, der sich im Dunkeln kaum von der Wand abhebt. Er versucht, sich in den Schlaf zu atmen. Er hört seinen Atem und denkt an die Beatmungsmaschinen der Intensivstation. An das Geräusch, mit dem sie die Lungen der Patienten füllen und die Rippen weiten und dann mit einem leisen Zischen und Gurgeln die Ausatmungsluft wieder in ihre Schläuche aufnehmen. Er zählt die Atemzüge der Maschine, dann seine eigenen, so geht es eine Weile, bis er sich in einen flachen Schlaf verliert. Dann geht das Telefon. Er baut es in seinen Traum ein, aber es klingelt über den Traum hinaus.

„Burbeis, Innere Medizin ..."
„Hi, Hagen, Elena hier von der ZNA."
„Hmmm?"
„Wir haben hier eine Frau Drücker."
„Die Frau Drücker?"
„Ja. Sie führt blutig ab. Jede Menge."
„Hm. Stell mal Kreuzblut, ich komm gleich."
Es ist jetzt fünf Uhr. Bis er durch ist, wird es sieben sein. Dann wird er einen Kaffee mit Elena trinken und diese leichte Euphorie spüren, nach beendeter Nachtdienstserie, und es wird gut sein.

Doberer hat ein schönes Zuhause. Das elektrische Tor der Einfahrt öffnet sich auf Knopfdruck. Es gleitet lautlos zur Seite und gibt den Blick frei, von links nach rechts, die Hecken, die Rabatte, die Doppelgarage. Manchmal geht es Doberer zu langsam mit dem Tor, er gibt Zwischengas. Woher die Ungeduld kommt, weiß er nicht, er bringt sie wohl noch aus der Klinik mit.
Er parkt den Wagen in der Garage. Rechts parkt der Fiat seiner Frau. Flott würde man das Auto nennen. Aber seine Frau lässt das jetzt mit dem Autofahren, es ist zu riskant, weil sie das rechte Bein nicht mehr kontrollieren kann. Man könnte den Wagen verkaufen. Darüber müssten sie einmal sprechen.

Hagen sieht aus dem kleinen Souterrainfenster. Schnee fällt, sanft wie eine einlaufende Narkose. Mickersen hat gesagt, dass Hagen jetzt in Sachen Datenerhebung auf die Zielgerade einbiegen müsse. Er besucht ihn wieder im Keller.
„Und dann Endspurt. Noch mal richtig Gas geben", zischt er.
„Hier", sagt er und zeigt auf den Bildschirm, auf dem

Tabellen und Zahlen zu sehen sind, „ist Musik drin. Ich sagte es schon."

Ein paar Tage später ist er wieder da. Er lehnt entspannt an der Wand, wie bei Freunden in der Küche.

„Wenn Sie das durchhaben", sagt er, „und Facharzt sind, werden Sie hier Oberarzt, wenn Sie das dann noch wollen."

Zärtlich streichen seine Finger über den Bildschirm mit den Tabellen.

In der nächsten Woche steht er wieder in der Kellertür. Er wedelt mit einem Hochglanzflyer in der Hand.

„Hier", sagt er und schlägt mit dem Handrücken auf das Papier. „Die Deadline für den europäischen Kongress ist in einer Woche. Mannheim. Da reichen wir unsere Arbeit ein."

In den letzten Tagen spricht er von „unserer Arbeit" oder „unserem Projekt". Dass der Statistiker noch nicht gerechnet hat, scheint Mickersen nicht zu kümmern.

„Ich zeige Ihnen, wie man einen Abstract schreibt, ohne die Endergebnisse zu kennen."

Sie formulieren an den nächsten zwei Abenden einen Kurztext, der besagt, dass sie Hinweise darauf haben, dass man mit dem SPET-Echospeckling den klinischen Verlauf von Patienten mit Ischämischer Kardiomyopathie und auch Ergebnisse der invasiven Untersuchungen, also des Herzkatheters, voraussagen kann. Mickersen meint, man könne das mit Fug und Recht annehmen anhand der Mittelwerte, die er bei den Tabellen erkenne. Dass noch gar nicht alle Daten in den Tabellen seien, dass der ganze zweite Datensatz aus der Charité noch fehle, wendet Hagen ein.

„Herr Burbeis", sagt Mickersen, „vor jeder Bundestagswahl gibt es Umfragen. Und die werden auch veröffentlicht."

Hagen verschiebt die Tabellen ein wenig und beobachtet die Standardabweichungen und wie sich daraufhin Mittelwerte verändern. Man darf, hat er in einem Statistikbuch gelesen, Ausreißer aus Statistiken entfernen. Unter Umständen.

Doberer lädt heute per E-Mail alle zu einem großen Ereignis unter das Dach. Hinter einer automatischen Glastür liegt die neue Privatstation. Noch sind keine Patienten dort, sodass alle Klinikmitarbeiter, die möchten, heute das dunkle Laminat in Parkettoptik betreten dürfen, nachdem der Klinikseelsorger die Station gesegnet hat. Die normalen Stationen sind durchnummeriert, diese hat einen Namen: Station Vitalis. Es gibt eine Sitzecke mit schwarzen Polstermöbeln und Fotografien der Punzlauer Umgebung auf Alu-Dibond. Die kleine Gruppe geht andächtig durch die neuen Krankenzimmer mit den dunklen Vorhängen.
„Die in die Nachttische integrierten Kühlschänke werden vom Verband der Privatkassen grundsätzlich gefordert", sagt Doberer, „sowie hochwertige Armaturen und eine Garderobe. Aber", fährt er fort, „wir haben hier drei verschiedene Kopfkissen zur Auswahl." Das sei einmalig in Brandenburg. Das sei Vier-Sterne-Niveau. In einem Flyer, der an der Pforte ausliegt, wird das alles erläutert. Die Station ist klein, fünfzehn Betten, „aber oho", sagt Doberer.
„Die Patienten, die hier liegen, werden interdisziplinär betreut: internistisch, chirurgisch, urologisch", sagt Doberer. Und bei „interdisziplinär" schürzt er den Mund, damit es nicht wie „ordinär" oder „defizitär" klingt. Er erklärt: „Wenn auf der Vitalis ein Patient von Privatdozent Mickersen, der wegen Herzbeschwerden kommt, eine Vorhautverengung hat, dann kann Doktor Köcher das gleich beheben. Selbstverständlich nur wenn der Patient einverstanden ist. Die Patienten werden ausführlich und gern beraten. Denn so eine

Vorhautverengung kann viel Ärger machen, ohne dass man etwas merkt. Das nichtsahnende Opfer kann zum Beispiel ein Peniskarzinom entwickeln. Das will man wirklich nicht haben, selbst wenn man schon siebzig ist. Und wenn einer eine Leistenhernie hat, dann soll der nicht herumsitzen und warten, bis der Darm einklemmt und abstirbt und er eine Bauchfellentzündung kriegt und stirbt. Man wäscht ja auch nicht an einem Tag die Tassen ab und am nächsten die Teller. Darum ist die interdisziplinäre Privatstation so sinnvoll. Wir sind", endet Doberer, „mit dieser Station gut aufgestellt für die Zukunft."

Es wird geklatscht. Ein Tischchen mit Sekt wartet am Ende des Stationsflurs. Schwester Henriette beginnt zu entkorken.

„Diese Zimmer werden sich füllen, sobald sich herumgesprochen hat, was wir hier anbieten", sagt Doberer. Aber er weiß: Überzählig sind in dieser Gegend nur Schafe, Männer und gesetzlich Versicherte.

„Wo kann man denn hier abends mal gut essen gehen?", fragt Hagen die Koscinsky am Nachmittag im Sekretariat. Er findet das einen guten Gesprächseinstieg, nicht originell, nicht mutig, aber unverfänglich.

„Oooch", macht die Koscinsky und dreht die Augen zur Decke wie ein Schulkind, das nicht sagt, was es weiß oder umgekehrt.

„Da muss ich mal ganz scharf nachdenken", sagt sie dann.

Sie sei so lange abends nicht essen gegangen, überhaupt nicht weg gewesen, sagt sie. So ergeben sich Worte und Blicke. Hagen und die Koscinsky werden am Sonntag nach Bötzow fahren, in ein griechisches Restaurant, das „Achill" heißt. Angeblich das beste hier in der Gegend.

„Wahrscheinlich das einzige", sagt Hagen und sie lacht

ein Bereitschaftslachen, ein Vorspiellachen, findet er, und dass sich der Ablauf so gehört.
Bötzow liegt fünfzehn Kilometer östlich, fast an der polnischen Grenze. Sie werden sich dort treffen. Hagen wird mit dem Fahrrad kommen und etwas zu spät dran sein, etwas abgekämpft wird er eintreten, man wird ihm anmerken, dass er sich bemüht hat, rechtzeitig zu kommen. Es sei viel los gewesen auf der Station, wird er sagen. Sie wird antworten, sie wisse sowieso nicht, wie die Ärzte die Arbeitsbelastung durchhielten. Er wird etwas verstrubbelt sein, Jacke und Hemd ein bisschen offen. Sie wird das gut finden, dass er im Februar Fahrrad fährt, frisch irgendwie. Sie wird beim Essen die Zwiebeln beiseiteschieben. Sie wird Salat essen und anbieten, ihn mit zurück zu nehmen, das Fahrrad ins Auto zu legen, das gehe schon. Sie wird etwas zu viel trinken. Er wird sie unterhalten, sie wird lachen. Es wird spät werden, so beschwipst kann sie nicht Auto fahren. Denkt Hagen.

Doberer fährt ausnahmsweise am Samstag in die Klinik. Er öffnet eine PowerPoint-Vorlage. Dann merkt er, dass er geil wird, weil ihm der Thaipuff einfällt, die Thaimädchen, wie er sagt. Er will dagegen ankämpfen, indem er aufsteht und die neue Espressomaschine in Gang setzt. Die macht viel Lärm für so einen kleinen Espresso. Man denkt, die ganze Energie, die ganze laute Arbeit der Maschine fließt in die kleine Espressopfütze. Das macht den Kaffee wertvoller. Deshalb machen teure Espressomaschinen auch nicht weniger Lärm als billige. Doberer denkt daraufhin, dass manche Mitarbeiter großen Lärm machen für das bisschen Arbeit, das sie abliefern. Man könnte das Aufwertungslärm nennen. Er freut sich über diesen Begriff. Als er „Mitarbeitermassage für 5 Euro" auf die Folie schreibt, als besondere Arbeitgeberleistung, merkt er, dass er jetzt ins

Industrieviertel fahren muss. Vielleicht kann er danach wieder an den Schreibtisch gehen. Er war noch nie an einem Samstag bei den Mädchen.
Es ist still, als er aus dem Wagen steigt. Keine Arbeiter, die ahnen könnten, wo es ihn hinzieht. Am Fenster im ersten Stock blinkt das kleine Schild „OPEN", blaue Lettern, rot umrandet, blitzende Birnchen. Es dauert, bis die Tür geöffnet wird.
„Nur swei Fraun heute", sagt eine der beiden und zeigt auf sich und ihre Kollegin. Beide sind ihm unbekannt.
„Macht ja nichts", sagt er, während seine Augen von links nach rechts springen und von oben nach unten.
„Zu dir möchte ich", sagt er. Sie trägt einen rosagoldfarbenen Rock und eine bauchfreie Bluse mit kurzen, eng anliegenden Ärmeln. Er will es heute bestimmter angehen. Die Frau, auf die er zeigt, ist voller. Sinnlicher, wird er später zu sich sagen. Doberer bevorzugt sonst die Zierlichen mit den schmalen Oberarmen. Aber hier, bei dieser Frau, erscheint ihm alles wie von Hand geformt. Gott hatte einen guten Tag. Er möchte heute nicht an Armut und Krankheit erinnert werden. Sie führt ihn in eines der Zimmer. Ihr Gewand ist seitlich geschlitzt, sodass man ihre Beine sieht. Ihre Haare sind hochgesteckt zu einem schwarzen Dutt.
Sie beugt sich vor, um die gefalteten Handtücher vom Bett zu nehmen. Das Oberteil rutscht ein Stück weiter nach oben und Doberer registriert, wo ihre Taille in die Hüften übergeht. Sie macht zwei leichte Schritte zum Bett und breitet dort ein Handtuch aus, ihr rechtes Bein wird sichtbar. Doberer starrt auf das Bein wie auf ein schönes, seltenes Tier. Es scheint vollkommen. Die Frau lächelt. Immer lächeln sie. Doberers Lächeln kommt etwas zu spät, sie ist aus dem Zimmer verschwunden. Er zieht sich aus und schlingt sich ein Handtuch um das knöcherne Becken. Seine Füße stecken in den blau-weißen Schlappen, die in jedem Zimmer bereitstehen,

sie ragen über ihren Rand hinaus wie Teig über eine zu kleine Backform. Er betrachtet sich im Spiegel und reckt die Brust. Die Thai steht wieder in der Tür und lächelt: „Dusche frei."
Doberer schlappt hastig den Gang entlang und verschwindet im Bad. Dort sind die Fenster mit einer Folie beklebt, die Blicke hinaus-, aber nicht hereinlässt. Die Folie hat ein paar Risse.
Doberer hält den Duschstrahl lange auf seinen Schwanz. Als er zurückkommt, ist sie schon im Zimmer. Die anderen kommen oft erst später, sodass Doberer, das nasse Handtuch um die Hüften gewickelt, warten muss und auf dem Teppich neben dem Bett herumsteht. Aber sie, sie empfängt ihn. Sie trägt die Haare jetzt offen. Er legt sich auf den Bauch. Dazu muss er die Brille ablegen. Er hat Angst um seine Brille. Er hat lange gebraucht, um eine zu finden, die ihm gefiel. Aber im Thaistudio hat er eine Lösung gefunden: Er legt die Brille in seinen linken Schuh. Der rahmengenähte Schuh schützt die empfindliche Brille.
Sie massiert erst die Füße, ohne Öl, traditionell. Sie ist dabei nicht nackt wie die anderen sonst. Er überlegt, ob er seine Absichten deutlich genug gemacht hat. Er versucht, sich an den kurzen Dialog mit der Frau zu erinnern. Aber das gelingt ihm nicht, und er wird unruhig und ärgert sich. Er braucht klare Bedingungen. Dann merkt er, wie sie Öl in ihre Hand schüttet und ihm die Oberschenkel massiert. Sie stößt immer wieder leicht an seinen Hodensack. Vielleicht wie man einen eingerollten Igel anstupst, um zu sehen, ob er noch lebt. Und wieder. Skrotum, Sack, Eier, Bommeln, muss er denken. Es wird schon, denkt er, sonst würde sie das nicht machen.
„Ticklish?", fragt sie und lächelt, als er ein bisschen zuckt.
Ihre Hände fließen über seinen Körper. Er folgt den

Bewegungen im Geist, das beruhigt ihn, es geht in die richtige Richtung. Aus der kleinen Box der Musikanlage kommt Thai-Pop. Er hört, wie sie leise mitsingt. Das rührt ihn. Dass er nackt und doch warm ist, die Musik so eingängig, dass er keinen Hunger hat und keinen Durst und keinen Schmerz, das alles spürt Doberer auf einmal, und als er jetzt hört, wie sie mitsingt, leise, aber sauber, da treibt ihm irgendetwas eine Träne in jedes Auge. Doberer, denkt er bei sich, Doberer, das ist schon in Ordnung. Er wird ihr Trinkgeld geben, wenn alles so gut weitergeht, wenn sie sich bewährt. Fünf Euro, vielleicht sogar zehn.
Zwischendurch variiert sie ihre Bewegungen, kreist, drückt, presst und knetet. An der Innenseite der Oberschenkel gräbt sie ihre Fingernägel leicht ins Fleisch und streicht entlang, als wollte sie Kratzspuren hinterlassen. Ein kleines Raubtier, denkt er. Und er spreizt die Beine ein wenig mehr, als Signal, das sie verstehen kann.
Dann geht sie an seinen Rücken und die Schultern. Dabei kniet sie auf dem Bett neben ihm und er spürt, wie ihre Knie ihn berühren. Er dreht, auf dem Bauch liegend, den Kopf zu ihr und blinzelt. Er sieht, dass sie jetzt nackt ist. Er hat nicht gemerkt, dass sie sich ausgezogen hat. Das erregt ihn. Dass die Massage immer noch konventionell ist, aber dass sie jetzt dabei nackt ist. Ein fernes Versprechen. Er spürt, dass sie besser ist als die Frauen, bei denen er bisher war. Das kommt daher, dass sie tastet. Dass sie nicht nur Motorik ist, sondern auch Sensorik, denkt er, und er findet gut, was er da denkt, intelligent. Ihre Hände finden einen Weg, der ihm guttut. Sie ertastet einzelne Verspannungen und bearbeitet sie, bis sie gelöst scheinen. Zwischendurch aber fährt sie ihm wieder über den Hintern, an die Oberschenkel und den Damm. Jedes zufriedene Brummen seinerseits quittiert sie mit einer

leichten Verstärkung ihrer Arbeit vor Ort, manchmal mit einem „You like it?", das unbeantwortet bleiben kann. Jetzt setzt sie sich auf seinen Hintern, sein halb erigierter Schwanz wird in die Matratze gedrückt. Er spürt ihr Schamhaar auf seinen Hinterbacken, wie es durch die Massagebewegungen ein wenig hin und her reibt. Sein Atem geht jetzt schwerer, gegen den Druck der Geilheit, die seine Brust umfasst hält. Dann steigt sie von ihm ab und gibt ihm ein Zeichen, dass er sich umdrehen soll.

Doberer dreht sich umständlich auf den Rücken. Die Frau spreizt seine Beine, langsam, nacheinander, lächelt ihn an und kniet sich zwischen seine Knie. Das kennt Doberer noch nicht. Er legt seinen rechten Arm unter den Kopf und kann ihren aufgerichteten Oberkörper sehen, die Brüste wie überdimensionierte Tropfen. Sie macht sich mit schönem Ernst an die Arbeit und umkreist seinen Schwanz mit der Hand, massiert die Hoden, wechselt Druck und Tempo. Dann presst sie ihre Daumenballen tief in die Doberers Leiste, zaubert einen kleinen Blutstau. Sie wartet, bis Doberers Schwanz gänzlich erigiert. Doberer versucht, ihre Brust zu fassen, aber sie sitzt zu weit weg. Der komplette Doberer steckt jetzt in seinem Schwanz. Beide, Hans-Jürgen Doberer und sein Schwanz, haben einen hochroten, glänzenden Kopf, babyölgetränkt und gestreckt wie Ausrufezeichen. Doberer will jetzt aber die Frau begrapschen und fährt in der Erregung mit ausgestreckten Händen vom Liegen hoch in den Sitz wie ein Zombie aus dem Sarg, während sie ihm weiter den Schwengel pumpt. Als er wieder nach den Brüsten greifen will, macht sie eine unvermittelte, rigoros ablehnende Geste und führt seinen Arm kurzerhand zurück auf seinen eigenen Oberschenkel. Was erlaubt sie ...?, ach was, denkt er, soweit er noch denken kann, und schaut sie wieder und wieder an,

begreift sie mit den Augen und wie sie den Mund leicht öffnet, da zuckt und spuckt Doberer endlich sein Geschäftsführersperma in hohem Bogen in die feuchtwarme Luft (eigentlich nur in Zeitlupe sichtbar). Ein Tropfen landet im Bauchnabel, drei unter Par, denkt er. Er atmet noch, vielleicht dreißig Mal pro Sekunde, dann zwanzig, dann fünfzehn und, ja, er entspannt sich, während sie ihn abwischt, und er plaudert mit ihr, gelöst wie lange nicht. Ob sie ein Geheimnis wissen wolle?, fragt er sie.
„Sure", sagt sie. Er heiße nicht Peter. Wie er denn heiße?, fragt sie. Das sage er ihr vielleicht beim nächsten Mal. „Are you Thorsten, maybe? Oder Stefan?" – „Next time", sagt er. Und er sagt, dass er es sehr schön fand. Besonders. Und dass sie die schönste Frau hier sei, sagt er, während sie das Bett wieder herrichtet. Aus den Handtüchern faltet sie eine Lotusblume und lächelt. Für dieses Lächeln sucht er Adjektive. Gütig fällt ihm ein, aber auch hintersinnig, er kann das gar nicht so genau sagen. Aber er beschließt, dass er wieder häufiger Adjektive benutzen möchte. Ganz generell.
Sie heißt Nuki und ist „meist freitags, selten auch samstags da". Als er duscht, beginnt er fast zu singen. Weil ihm aber nichts einfällt, pfeift er Selbsterdachtes, drei Takte vielleicht. Als er zurück in das Zimmer kommt, ist das Bett wieder zurechtgezupft und die gefalteten Handtücher liegen darauf, eine Kunstblüte obenauf, und er sagt ihr, dass er jetzt immer freitags komme, wegen ihr. Sie sagt, dass sie sich freue, und er gibt ihr Trinkgeld, einen Zehneuroschein. Tiefer Kotau ihrerseits. Und als er im Wagen sitzt, weiß er, dass er ihre Brüste anfassen will, mindestens, und dass er so lang wiederkommen wird, bis ihm das gelingt, wäre doch gelacht. Nein, er möchte nicht nur ihre Brüste berühren, sondern sie auch küssen. Denn küssen ist das Höchste. Deshalb machen das Prostituierte auch nicht.

Ihr Bild kreist ihm im Kopf, sie im Kleid, sie, das Handtuch faltend, lächelnd. Warum ist sie nur freitags da? Was tut sie sonst? Es ist etwas passiert, denkt er.

Bötzow liegt hinter dem Ratkower Forst. Am Ortsausgang liegt das „Achill". Es ist ein geducktes, flaches Gebäude, grau verputzt, zwischen Bäumen. Vor dem Haus wurde ein runder Parkplatz mit Rollsplit angelegt, man kann direkt vorfahren. In der Mitte steht ein Fahnenmast, oben weht eine Deutschlandfahne, darunter eine griechische Flagge. Der Weg vom Parkplatz zum Restaurant wird von griechischen Miniaturstatuen gesäumt, sie stehen immer abwechselnd, gipsweiß, kniehoch: ein nackter Mann mit Diskus und eine nackte Frau ohne Diskus.
Die Koscinsky kommt mit ihrem kleinen roten Auto an. Hagen kann das zwischen den Bäumen sehen. Die Koscinsky parkt vorsichtig ein, der Wagen sieht neu aus. Sie sieht sich kurz um und verschwindet dann im Restaurant, mit ihrer kleinen Handtasche über der Schulter. Als Hagen das „Achill" betritt, streicht sie sich eine Strähne aus dem Gesicht. Wie soll man sich begrüßen?
„Hübsch hier", sagt Hagen, „der hübscheste Grieche der Gegend."
Sie plaudern. Es irritiert ihn, dass sie einen Gyrosteller bestellt. Sie trinkt viel, sie kippt das in sich hinein, denkt er. Sie reden über dies und das, während sie sich betrinkt. Ob er wisse, was sie als Sekretärin verdiene? Ob er es wissen wolle? Ob er ihr wohl sage, was er verdiene? Sie hat sich vorgenommen, offensiv zu sein, denkt er. Sie gießt ihm Wein ein und dann, zehn Sätze später, starrt sie unvermittelt zur Tür, wieder zu ihm, reißt die Augen auf, legt ihren Zeigefinger über den Mund und tippt dann mit dem gleichen Finger auch auf seinen Mund, was heißen

soll, er müsse schweigen, aber auch eine Art Kuss ist, mit dem Finger von ihrem Mund zu seinem. Sie deutet mit den Augen zum Eingang und reißt die Speisekarte vor das Gesicht wie ein Angeklagter die Akte, wenn die Presse kommt. Doberer hat das Restaurant betreten, in Begleitung einer Asiatin. Hagen hält ganz still. Doberer weist auf verschiedene Tische, als hätte er die hier alle aufgebaut. Sie gehen um die Ecke in einen anderen Restaurantbereich, Hagen kann sie nicht mehr sehen. Die Koscinsky kichert. Doberers Frau sei das nicht, sagt sie.

„Jetzt wird's zu gefährlich hier", sagt Hagen.

Sie lassen sich die Reste einpacken, Hagen zahlt, dann gehen sie durch den Terrasseneingang nach draußen zum Parkplatz, zu Koscinskys Wagen.

„Der ist nicht neu", sagt sie, „aber neuwertig. Wie ich."

Sie kichert nach diesem Satz und wiederholt ihn, streicht sich wieder die Strähne aus der Stirn, die immer ins Gesicht fällt, damit sie diese hübsche Bewegung machen kann. Betrunken. Sie sieht ihn lange an. Er sei neu und sie sei neuwertig, sagt sie. Hagen findet das in Ordnung, was sie redet, weil er plötzlich Lust hat auf die K., die betrunkene Koscinsky.

Sie steigen ins Auto, die Plastiktüten mit dem Gyros kommen auf die Rückbank. Sie fährt los, sein Fahrrad bleibt hier. Der rote Wagen gleitet durch die grau-grüne Landschaft, bis sie kurz am Straßenrand anhält.

„Und jetzt?"

„Ficken Sie misch." Sie sieht ihn dabei an und bläht die Nasenflügel.

„Sollen wir das ‚Sie' hier draußen nicht weglassen?"

„Von wegen", sagt sie. „Siezen erregt misch. Ficken Sie misch. Auf do Stelle."

Ihr Akzent kommt jetzt stärker heraus.

„Wo denn?", fragt Hagen.

„Nu hier, im Auto, wo sonst?", sagt sie. „Man kann überall

ficken. Hat do liebe Gott so eingerischtet. In fünf Minuten will isch Sie in mir spüren. Zwischen den Labien, Sie haben das Wort schon mal diktiert, in Ihren kleinen dreckschen Arztbriefen", sagt sie.
Die Koscinsky setzt das Auto etwas zurück und biegt dann in eine Straße ein, die Hagen nicht aufgefallen ist. „Amt Volzow" steht auf einem verdreckten Hinweisschild. Eine Straße ohne Mittelstreifen, nicht beleuchtet, wie gemacht für Wildwechsel. Sie fährt jetzt ungestüm, überträgt ihre Erregung auf die Fahrweise. Die Lichtkegel der beiden Scheinwerfer jagen durch die Nacht, Regen fällt schräg herunter. Sie legt mit der Rechten den vierten Gang ein, dann landet diese Hand auf Hagens Hose und beginnt, ungestüm zu kneten. Links wird ein wenig gelenkt. Sie drückt rhythmisch auf Hagens Schwanz, der zur Zeltstange wird. Rhythmisches Drücken, Atmung. Hagen denkt an Reanimation. Sie beginnt im gleichen Rhythmus das Gaspedal zu treten. Der Wagen hüpft die Straße entlang. Bockt wie ein Gaul beim Rodeo.
„Fass, misch, an", zischt sie schlangenartig, „wofür sin' ma hier? Wofür sin' ma auf Erden?"
Man darf nicht so schnell sein, nicht überhastet, weiß Hagen, gerade bei Frauen. Noch überlegt er, sitzt neben sich. Da wird Damwild sein, Wildschweine werden durchs Fenster starren, denkt er. Er legt seine Hand auf die Innenseite ihres rechten Oberschenkels, streicht herum.
Sie lenkt den Wagen rechts in den Feldweg, der Wagen schwankt, Bäume torkeln vorbei, sie bremst abrupt, die Sicherheitsgurte haben einen Einsatz. Hinten führt ein Planetenlehrpfad in den Wald.
Sie nimmt die Hand einen Moment von Hagens Schritt, schaltet die Scheinwerfer aus, dreht den Motor ab und widmet sich dann wieder Hagen, der anschwillt, sich zu ihr dreht, an den Blusenknöpfen fingert, beginnt, ihre Brüste zu streicheln, mit den Fingern zu verzieren, schließlich zu kneten.

„Das woll'n Sie alles hoben, Sie hübscher, geiler Dokter. Schau'n mir so ausgehungert auf die Beine, im Sekretariat ..." So redet sie, immer weiter, wie im Wahn. Dabei kurbelt sie ihre Rückenlehne flach, seine Schuhe müssen weg, fürs Hoserunter. Immer diese erzwungene, idiotische Reihenfolge. Die Scheiben beschlagen, ein kurzes Innehalten, ein Moment Ruhe kehrt ein, als sein Oberkörper freiliegt.
„Ahh,", sagt sie, „jojo", und trommelt dabei mit den Fingern auf seiner Brust, perkutiert die Hohlräume, männlicher Hall, der Regen draußen macht mit, sie greift seinen Kopf wie einen Pokal und drückt ihre Lippen auf seinen Mund, reibt Lippenstift herum, saugt und exploriert mit der Zunge sein Cavum ori. Keine Gegenwehr. Sie strampelt den Rock, er die Hose ab. Die Beine schlagen links und rechts an die Türen, das Radio geht an (Fersenbedienung), sein Lachen wird durch ihre Zunge erstickt. „Stau bei Groß Miltzau", hört man. „So geht es nicht", sagt er. „Alles geht", sagt sie und dreht ihren Hintern dem Rücksitz zu, er klettert. Die Umleitung verlaufe über die Ortschaften Helpt und Wolldeck, die Knie scheuern, wenn er so kniet auf dem Rücksitz, dem harten Bänkchen, wie ein Katholik, und ihr Arsch, ihr göttlicher Arsch, thront vor den Armaturen, dem Armaturenaltar, Armaturenaltararsch, muss er denken, Fettvibrato. Antenne Brandenburg, Fanfaren, die kleinen Boxen werden gesprengt, die Bässe pumpen, gut gefedert, das hier, denkt er, bis ihn das Denken verlässt. Als er die Augen wieder aufmacht, merkt er, dass er ein wenig zittert. Er sitzt auf dem Beifahrersitz. Neben ihm die Koscinsky, die Anni, wie er sie jetzt nennen soll, krault ihm das rechte Ohr.
„War herrlisch", sagt sie, leise und gezähmt. „Und nu?"
„Ich muss mein Rad holen", sagt Hagen und sieht sich im Wagen um, als hoffte er, dass da ein Fahrrad reinpasse. Die Aluabdeckung des Gyrostellers auf der Rückbank ist

aufgeplatzt, darunter Gyrosschnipsel wie aufgebrochene Erde.
„Ach du Scheise", sagt die Koscinsky, „das müss mo sofott reinigen."
Hagen will raus hier, er lässt eine Fensterscheibe herunter. Die K. sagt, dass sie ihn auch nach Hause fahren kann. Oder dass sie zusammen zu ihm fahren können und noch ein bisschen kuscheln. Aber Hagen will mit dem Rad fahren. Er will die kühle Nachtluft im Gesicht haben. Sie soll ihm den Dunst von Gyros und Geschlecht aus den Poren blasen. Die Koscinsky winkt ihm noch und dreht vom Parkplatz ab. Sie ist ihm schon über.

Sein Rad steht noch am Baum vor dem „Achill". Vis-à-vis steht Doberers Wagen. Hagen lässt es stehen und schleicht um das Restaurant herum, obwohl er nicht schleichen müsste. Niemand ist hier draußen, es ist halb zehn Uhr abends in einem Wald, in dem zufällig ein griechisches Restaurant steht. Aber es macht ihm Spaß, zu schleichen. Jetzt, wo nicht mehr er, Hagen, im Restaurant überrascht werden kann, sondern nur noch Doberer. Dort, wo das Licht der Parkplatzlaternen Schatten wirft, stellt er sich ans Fenster. Da sitzen sich Doberer und eine Thai an einem Tischchen gegenüber. Sie sind die letzten Gäste. Doberer redet, die Frau nickt. Doberer streicht einmal über ihre Hände, die auf dem Tisch liegen. Die Thaihände ziehen sich nach der Berührung zurück wie Schneckenfühler. Doberer ist nichts anzumerken, er scheint wieder zu sprechen, der Mund der Thai bewegt sich nicht. Doberers schmales Hakengesicht in Beige und ein ovales Thaigesicht in Mokka. Doberer winkt den Kellner herbei. Er hat eine autoritäre Art zu winken, denkt Hagen. Aber dann ist er wieder zart. Ganz weich, der Doberer, legt den Kopf hundeschief.

Doberer gibt dem Kellner zwei Scheine. Und als der Kellner seine Kellnerbörse verstaut hat und verschwunden ist, rollt Doberer noch einen Schein zusammen und gibt ihn der Thai. Die neigt zum Dank leicht den Kopf, ehe Doberer ihre Hand über den Tisch zu sich zieht und sie mit seinen beiden Händen umschließt. Dann küsst er dieses Händepaket und Hagen fotografiert das mit dem Smartphone. Herangezoomt und ein paarmal abgedrückt. Warum, kann er gar nicht sagen. Jagdinstinkt. Man kann die Fotos ja jederzeit löschen. Als sie aufsteht, blickt die Thai durch das Fenster und in Hagens Richtung. Sie weiß nicht recht, wohin mit ihrem Blick, als ihr Doberer in den Mantel hilft. Noch ein Foto, dann schleicht sich Hagen davon. Wie ein Rotfuchs mit Beute, lautlos, geduckt, zufrieden.

Doberer hat eine Vollversammlung einberufen. Dies erfolgt nach Bedarf. Den Bedarf legt die Geschäftsführung fest. Einige Berufsgruppen sind immer komplett vor Ort: die Verwaltung, die ITler, der Sozialdienst. Ein paar Pflegekräfte sind da, vereinzelt Ärzte. Ungewöhnlich ist, dass Sartin wieder gekommen ist.
„Sartin meidet jede Form der Menschenansammlung", sagt Niko. „Alles über fünfundzwanzig Leute ist ihm zuwider. Fußballmannschaft ja, Weihnachtsfeiern nein."
Sartin lässt sich für den Kliniksnachtdienst einteilen, wenn die anderen Sommerfest feiern. Jetzt aber sitzt er in der ersten Reihe, neben den Leuten vom Betriebsrat. Er hat die Beine übereinandergeschlagen und schaut, das Kinn leicht erhoben, zum Rednerpult, wo Puffert von der IT versucht, Doberers Laptop anzuschließen. Irgendwie erscheint das Bild nicht an der Leinwand.
„Ich krieg das sonst immer selbst hin", sagt Doberer zu Puffert.
„Kein Problem", sagt Puffert. Er sagt das dreißig Mal am Tag.

„Vielleicht ist der Beamer nicht an", sagt Doberer.
„Doch, doch", sagt Puffert, ohne vom Keyboard hochzuschauen. Er drückt ein paar Tastenkombinationen und das Bild erstrahlt an der Leinwand.
„Dubio-Kliniken – vom Dorfkrankenhaus zum National Player", steht da jetzt. Ein Satz in so großen Buchstaben muss Bedeutung haben.
Dass er keine großen Worte machen will, leitet Doberer ein. Er zeigt ein paar historische Fotos des Krankenhausgebäudes. Aus Zeiten, deren Erinnerung in Schwarz-Weiß gehalten ist. Das erste Klinikgebäude ist zu sehen, es trägt die Aufschrift „Punzlauer Krankenhaus", direkt auf dem Klinker mit Farbe aufgetragen. Das sei damals schon ein „Haus der klugen Köpfe" gewesen, sagt Doberer, ohne das näher zu belegen. Nächstes Foto: Krankenschwestern in Hauben und Schürzen, lachend. Schmunzeln im Publikum.
Dann zeigt Doberer die Animation eines neuen Gebäudes, einen digitalen Entwurf, in Pastellfarben, aus einer Froschperspektive konstruiert. Ein paar sehr grüne Bäume sind vor dem Krankenhaus zu sehen, friedlich parkende Autos warten auf ihre Fahrer, Menschen scheinen ein- und auszugehen, sie sind schlank. Man kann sich an den Fahnenmasten orientieren und am Kantinengebäude, Haus 3, das im Entwurf eine Dachterrasse dazubekommen hat. Hagen starrt auf diese Dachterrasse. „Dubio-Kliniken Punzlau, Future Vision", steht über dem Entwurf.
„Und so könnte das Haus der klugen Köpfe in zehn Jahren aussehen", sagt Doberer. Er lässt das Bild einen Moment unkommentiert an der Wand stehen, die Leute stecken die Köpfe zusammen, manche zeigen auf Details, zustimmendes Gemurmel, Nicken. Doberer erläutert die Pläne, erläutert das letzte Jahresergebnis, schwört die Gemeinde ein, gemeinsam das Geschäftsergebnis zu verbessern, um dahin (er zeigt dabei auf den Entwurf)

zu kommen. Aber die Patienten seien zu lange im Haus. Und es würden die Falschen aus der Notaufnahme auf Station gelegt. Auch die OP-Zahlen könne man durchaus noch nach oben regulieren. Wenn ein alter Patient beispielsweise Hüftschmerzen habe, dann lasse er sich hier untersuchen, gehe nach Hause und in zwei Monaten zur OP nach Schwelck. Das dürfe nicht passieren. Auch dürften Schlaganfälle nicht an Punzlau vorbeigefahren werden. Bei Herzinfarkten habe man zusammen mit Privatdozent Mickersen dafür gesorgt, dass der Notarztwagen wieder Punzlau anfahre. Das müsse für den Schlaganfall genauso zur Regel werden wie für das Polytrauma von der Autobahn oder die Schwangere, die entbinden wolle. Vierhundert Geburten im Jahr, sagt Doberer, ist zu wenig. „Das mag menschlich sinnvoll sein, aber ökonomisch ist es Blödsinn."
Sartin steht auf und hebt die Hand.
Doberer sieht ihn an, Stille kommt auf.
„Herr Rasim?"
„Wieso glauben Sie, dass die Falschen von der ZNA auf die Station aufgenommen werden?"
„Weil Sie, die Ärzte und Pflegekräfte, lernen müssen, die Patienten mit zwei Augen anzusehen. Mit einem medizinischen und einem ökonomischen. Eine Liste der Diagnosen, bei denen ein stationärer Krankenhausaufenthalt sinnvoll ist, wird Ihnen in Zukunft in der Notaufnahme zur Verfügung stehen. Ich bitte Sie einfach darum, mit diesen beiden Augen hinzusehen."
Sartin hat sich noch nicht gesetzt.
„Ich brauch beide Augen für die Medizin", sagt er.
„Dafür sind Sie, meines Wissens, nicht unbedingt bekannt", sagt Doberer. „Zudem sind die Zeiten vorbei, in denen sich Ärzte auf ihre Helferrolle zurückziehen konnten. Es nützt Ihnen nichts, wenn Sie Medizin machen wollen, ihr Sonografiegerät aber aus wirtschaftlichen Gründen nicht repariert werden kann."

Sartin setzt sich. Er wirft sich ein Kaugummi in den Mund.
Nach der Veranstaltung geht er auf Hagen zu.
„Ich werde was gegen Doberer tun", sagt er. „Ich werde mich rächen. Und ich weiß auch schon, wie, auf Sartins Art."
„Wegen des Freitaggebets?", fragt Hagen.
„Nein, das war eher ein Scherz, eine kleine Provokation. Nur der Betriebsrat hat das ernst genommen. Aber das hier, das ist ernst, das ist tödlicher Ernst, Sünde könnte man sagen. Sagt man ja heute nicht mehr."
Sartin spricht leise, sein Oberlippenbart bewegt sich dabei nicht.
Am nächsten Tag kommt Doberer wieder in die Ärztebesprechung und hält eine kurze Ansprache. Er tut das in unregelmäßigen Abständen, mal in dieser, mal in jener Abteilung. Er findet das ein wenig so, wie wenn Kanzlerin Merkel bei der Nationalmannschaft in die Kabine kam, hat er zur Harderer gesagt. Dabei fragt er Sartin, ob er vielleicht mit seinen Landsleuten in Verbindung stehe. Man brauche Pflegekräfte, Pflegehelfer, mehr Hände und Köpfe. Man könne Ausbildungsverträge schließen und dazu Sprachkurse anbieten. Er solle einmal darüber nachdenken. Es ist ein Versöhnungsangebot an Sartin. Der streicht mit dem Daumen an seinem schmalen Bärtchen entlang wie über eine Klinge und schweigt.

Der europäische Kardiologenkongress findet in Mannheim statt und Mickersen hat die SPET-Arbeit eingereicht. Sie wurde angenommen. Und zwar, wie Mickersen betont, zur mündlichen Präsentation. Nicht als Poster, sondern in der besseren Kategorie. Jetzt gilt es, sagt er, und Hagen weiß nicht, was jetzt gilt. Aber sie sitzen schon da, Mickersen und er, in Anzügen, nebeneinander. Im Saal 4 des Kongressgebäudes. Mittelgroßer Saal,

immerhin, findet Mickersen. Bühne mit Rednerpult rechts und dem Tisch der Vorsitzenden links, vor deren Plätzen Namensschilder stehen und Wassergläser. Langsam füllt sich der Saal mit Kongressteilnehmern, die man alle an der gleichen orangenen Umhängetasche erkennt, die ein Pharmakonzern gestiftet hat.
Neulinge können dabei gegrillt werden, hat Mickersen gesagt. Besonders die Engländer seien bekannt für gewitzte, provokante Fragen. Mickersen hat zwei von ihnen in der fünften Reihe ausgemacht. Aber keine Angst, hat Mickersen gesagt, er sei schließlich auch noch da. Richtig überzeugend kommt das nicht rüber, findet Hagen. Die Skandinavier diskutierten sachbezogen, die Asiaten zumindest freundlich. Attacken seien auch aus den Unikliniken in Köln und Ulm zu erwarten. Professor Zerbst aus Ulm sitzt siebte Reihe außen, weit weg vom Standmikro, immerhin, aber er habe laut Mickersen gesagt, SPET werde so schnell wieder verschwinden, wie es aufgetaucht sei. Privatdozent Fender aus Köln ist nicht zu sehen. Ein selbstverliebter Fettsack. Habe aber immerhin im letzten Jahr eine Arbeit im American Heart Journal unterbringen können. Jetzt habe er es auf den Lehrstuhl in Freiburg abgesehen. Er sei bekannt für sein überraschendes Auftauchen.
„Sie sehen", sagt Mickersen, „ich fühle mich richtig wohl hier."
Sogar die Zähne von Mickersen sind sportlich.
Mickersen flüstert Hagen ins Ohr, dass „das da" Ian McGregor sei, ein Schotte, der am King's College lehrt.
„Our next speaker ...", beginnt der Vorsitzende. Dann hört Hagen seinen Namen, den Startschuss: „Burbeis."
Mickersen flüstert ihm dauernd etwas ins Ohr. Wer was ist und was das bedeutet für die Welt. Aber jetzt ist Hagen taub, er hört nicht, was Mickersen oder McGregor sagt, er hört nach innen, hört ein Brummen, spürt Pulswellen in seinen Ohren schlagen, Sinustachykardie, denkt er.

Hagen steht auf und macht das, was er laut Mickersen als Erstes machen soll: den Knopf des Jacketts schließen. So, dass man es sieht, dass alle es sehen, weil es eine Gepflogenheit ist. Früher hat man in die Hände gespuckt, heute macht man den Knopf zu. Dabei läuft Hagen auf dem kürzesten Weg zu der kleinen seitlichen Treppe und aufs Podium. Eher große lockere, aber dynamische Schritte. Mickersen hat das mit Hagen geübt. Er hat ihn das mehrfach machen lassen, „*straight*" solle er gehen. Hagen hat es gelernt und es ist gut, es sitzt jetzt. Hagen nimmt die fünf Stufen in leichtem Laufschritt, eine Hostess legt ihm den Mikrofonbügel um den Kopf. „Wie eine Brille, nur umgekehrt", sagt sie. Jetzt nicht verwirren lassen. Hagen räuspert sich, es hallt durch den Saal, die Welt hört zu, denkt er, die Welt hört zu, was Hagen Burbeis zu sagen hat, auch das ist O-Ton Mickersen bei der Probe.
Mickersen sitzt jetzt in der vierten Reihe. Er hat sich umgesetzt, bemerkt Hagen aus dem Augenwinkel. In der ersten sieht er zwei Neue, sicher Lehrstuhlinhaber oder Vorsitzende oder andere, wichtige. Die Wege der Herren sind unergründlich.
Zehn Minuten hat Hagen: acht plus zwei Minuten Diskussion. "Sie müssen pünktlich fertig werden", hat Mickersen gesagt, „aber nicht zu früh, denn die Diskussion kann hitzig werden."
Hagen hat als erste Folie eine Luftaufnahme der Klinik gewählt, die den Ausmaßen der Dubio-Kliniken Punzlau schmeichelt. Als Bezugsgrößen nur den Wald und den Haussee, ein Foto zum Hineinkriechen und sich Wohlfühlen, das die Werbeagentur der Klinik für Präsentationszwecke gemacht hat. Neben das Dubio-Logo (einer Thumbs-up-Hand mit gegipstem Unterarm und aufgemaltem Herzchen) hat er Logo und Schriftzug der Charité platziert.
„*Dear Chairmen, dear colleagues, dear Ladies and Sirs*",

beginnt Hagen. Er bringt das flüssig rüber für eine Drei in Englisch. *„We all use echocardiography. We all know echocardiography, at least we think we do"*, (einzelne Lacher), *"but very few, up to this moment, know echospeckling."*
Keine Arroganz, hat Mickersen ihm eingeschärft. Das habe auch sein Chef immer gesagt, Kronzucker, er wisse schon.
Hagens Ehrgeiz überschwemmt alle Nervosität, er steht ruhig am Pult, einzelne klare Gesten, ein Scherz hier und da, einfache Grafik, klare Daten, gute Bilder. Wie ein Werbespot muss es sein, hat Mickersen gesagt, nur wissenschaftlich.
An den Schluss hat Hagen ein freundliches Gruppenfoto gesetzt. *„Cardiology Lab Punzlau (CLP)"* steht darunter. Er hat für das Foto zusammengetrommelt, wen er kriegen konnte. Nadja natürlich, einen Intensivpfleger, zwei Schwestern aus der Kardiologie und Philomena musste mit drauf, vorn neben ihm, im Kittel. In der Mitte der Gruppe: Mickersen. Im Hintergrund sieht man das Katheterlabor und das SPET-Leihgerät und noch etwas weiter hinten, unscharf, das eigene Echokardiografiegerät, ein veraltetes Modell. Die Koscinsky hat das Bild gemacht, sie macht so was gern. Einfach abgedrückt, zwanzig, dreißig Mal, und dabei „denkt an den Feierabend" gesagt, „denkt daran, dass Ihr Großes leistet".
Freundlicher Beifall perlt zu Hagen ans Pult. Der Vorsitzende bedankt sich für den schönen Vortrag.
„Interesting talk", sagt er. Und dann: *„Time enough for one question."*
Hagens Blick geht über das Meer der grauen Köpfe. Er hat es fast geschafft. Da fährt eine Hand in die Luft. Der Mann erhebt sich und geht ruhig zum Standmikro. Es ist ein dicker Mann. Mickersen senkt den Kopf.
„Do you trust these data? I mean, would you really

refrain from a cardiac catheter, if the SPET data suggest to do so?", fragt der Mann. Sein Akzent verrät, er ist Deutscher.
„*Sure*", sagt Hagen. „*Who wouldn't trust his own data? But you are right, of course, further studies are required.*"

Auch das ist ein Satz aus Mickersens Repertoire. Er bemüht sich um eine amerikanische Aussprache. Der Vorsitzende beendet die Sitzung. Wie ein Schiedsrichter, der nach dem Siegtreffer abpfeift.

Sartin hat Nachtdienst. Er kommt immer zu spät zur Übergabe, fünf Minuten, manchmal zehn. Er setzt ruhig einen Fuß vor den anderen.
„Ich weiß, ich weiß", sagt er, als er um die Ecke des Stationszimmers biegt. „Sorry. Hast was gut bei Sartin." Dann holt er einen zerknüllten Zettel heraus, den er jetzt vollkritzeln wird.
„Frau Zingst", sagt Hagen, „Zimmer sieben, braucht zwei EKs bei einem Hb von 5. Wir wissen noch nicht, warum, bleibt nüchtern, morgen früh Gastro. Frau Stamann, junge Frau in der Neun, auch heute gekommen, hat irgendwelche neurologischen Zustände, Bewegungsstörungen, die wir nicht einordnen können. Wir haben mal mit Levetiracetam begonnen. Könnte auch völlig falsch sein. Van Noergelen kommt erst morgen. Die muss wahrscheinlich nach Berneberg. Wenn es ganz schlimm wird, muss sie eben gleich dahin."
„Was macht sie denn so, wenn das losgeht?"
„Sie windet sich, steht auf, stolpert, zuckt, verzerrt das Gesicht. Ist aber bei sich, keine Bewusstlosigkeit."
„Bestimmt psychisch", sagt Sartin. Das sagt er oft.
„Herr Sieper, Zimmer drei, Kaliumkontrolle gegen dreiundzwanzig Uhr. Herr Müssen daneben CRP- und PCT-Kontrolle. Wenn er ansteigt, würde ich das Antibio-

tikaregime ändern und ihn auf Intensiv legen. Das war's", sagt Hagen. Er sieht Sartin an, der den Zettel faltet und in seine Hosentasche steckt.
„Du sagtest, du wüsstest was über Doberer", sagt Hagen dann.
„Doberer fährt einmal, manchmal auch zweimal die Woche raus zum Industriegelände. Ich habe ihn auf dem Weg gesehen. Meistens nach Dienstschluss, manchmal aber auch während der Arbeitszeit. Zuletzt immer freitags."
„Was macht er da?"
„Bin nicht sicher. Irgendwas Kriminelles. Lass uns hinterherfahren. Hast du Freitag Regeldienst?"

Sartin ist am Freitag früh fertig. Niemand ist sonst früh fertig. Hagen muss noch Arztbriefe schreiben.
„Und, Überstunden aufgeschrieben?", fragt Hagen.
Sartin schreibt sich jede Mehrarbeit auf. Die Zehnminutenregel ist gekippt. Ab Minute eins ist Überstunde.
Sartin nimmt sich einen Stuhl und setzt sich ans Fenster.
Auf dem Gang geht Fenyak vorbei, man hört ihn kaum.
Sartin lauert, Hagen tippt mit zwei Fingern auf das Fensterbrett.
„Da", sagt Sartin unvermittelt, „da fährt Doberer."
Sie blicken auf den Platz vor der Klinik, der mit Kieswegen, Blumenkästen und jungen Birken rund um die Wendeschleife gestaltet ist. Patienten sitzen auf Bänken, an deren Lehnen kleine Plaketten anzeigen, wer sie gestiftet hat. Rechts biegt ein schwarzer SUV aus der Ausfahrt.
„Elefantenrollschuh", sagt Sartin.
„Warum sollen wir Doberer hinterherfahren? Ich bin froh, dass ich ihn am Wochenende los bin. Was käme denn raus, wenn wir *dir* am Freitag hinterherfahren würden?"

„Gebetsraum in der Moschee."
„Vielleicht hat das Industriegelände mit dem Neubau zu tun", sagt Hagen.
„Ich glaube, Geldgeschäft oder Puff", sagt Sartin. „Wir fahren hin und machen Fotos, wie bei einem Ausflug."
Sartin lässt die beiden „f" von „Puff" durch seine Schneidezähne pfeifen. Hinter diese Zähne gehören Betelnüsse, denkt Hagen. Sartin sagt, dass es falsch ist, dass Doberer in den Puff geht oder Geldgeschäfte macht. Sie treten aus dem Hauptausgang. Die Birken zeigen ein erstes Grün. Sartin fährt einen alten BMW. Er hat ein „Arzt"-Schild hinter die Windschutzscheibe geklemmt und den Wagen auf einem Behindertenplatz abgestellt.
„Vielleicht", sagt Hagen, „hab ich auch was für dein Racheprojekt."
Sartin will wissen, was es ist, aber Hagen lächelt das weg. Sie fahren links aus dem Krankenhausgelände und am Gasthaus „Kleiner Keiler" vorbei, an den Wohnblocks, der Tankstelle und dem Tierfuttermarkt. Dann kommen die alten Villen an der Ausfallstraße. Der Abstand zwischen den Häusern wird größer. Einzelne Höfe stehen dort wie gewachsen. Dann ist man auf der Bundesstraße, der man nicht ansieht, dass es eine ist. In sanften Wellen geht es über die Felder, bevor die Straße in den Wald eintaucht, ins dunkle Fichtengrün, später dann in die selige, gesprenkelte Helligkeit eines Birkenwaldes.
„Dalmatinerwald", sagt Sartin.
Bis dahin hatten beide geschwiegen, danach auch. Beidseits der Straße liegen Brachflächen, als Bauplätze ausgewiesene Gebiete. Es folgen flache Felder und fensterlose Industriebauten, sie passieren in einer Linkskurve zwei Werkstore und einen grauen Betonkasten, das Industriegebiet Punzlau, Ost-Wiegnitz. Eine Stichstraße führt hinein, wie eine zentrale Arterie in ein Organ. Ein paar LKW warten am Straßenrand auf den

Montag. In der Mitte der Stichstraße zweigt eine kleine Sackgasse ab, hier steht ein vergitterter Imbiss in einem schwarz-rot-gelb gestrichenen Container. Dahinter klafft zwischen zwei alten Industriebauten ein Parkplatz wie eine Zahnlücke. Dort steht der Wagen von Doberer. Es dämmert.

„Irgendwo hier", sagt Sartin.

Er präpariert sein Smartphone wie ein Killer seine Waffe. Sie laufen ziellos umher, kein Zeichen von Leben. In einem Fenster im ersten Stock einer alten Halle leuchtet ein Schriftzug: *„OPEN"*. An der Tür hängt ein Blumenkranz. Rechts an der Mauer unter zahlreichen Klingeln ein mit Klebestreifen befestigter Zettel: „Wan-Wan, Traditionelle Thaimassage. Öffnungszeiten 12-22 Uhr."

Sartin scheint verwirrt. „Doberer geht zur Massage. Es lässt sich von Frauen massieren. Aber er ist verheiratet!"

„Klassische traditionelle Thaimassage, reine Gesundheitsleistung", sagt Hagen. „Mit Massage verdient man nicht viel, deswegen ist der Salon hier draußen, die Miete ist fast umsonst."

Sartin brummt, als sie gehen, dreht sich aber noch zweimal um und schaut zur der Leuchtwerbung im ersten Stock. Hagen beschließt, ihn in dem Glauben zu lassen. Und er beschließt, allein wieder herzukommen.

Sie fahren zurück in die Stadt und trinken im „Kleinen Keiler" einen Tee, der in Gläsern mit Henkeln serviert wird. Sartin gefällt das. Sartin kommt aus Syrien. Er hat eine Frau zu Hause und eine vierjährige Tochter. Sartin will wissen, wie man in Thailand massiert.

„Ziemlich brutal", sagt Hagen und fasst ihm mit beiden Händen an den Hals.

Sartin lacht, es klingt heiser, Hagen hat ihn noch nie lachen hören.

Doberer macht eine Reise. Nach Dienstschluss heute geht es los. Zu Hause spricht er von Dienstreise, bei der Arbeit von Familienurlaub. Letztlich macht Doberer eine Geheimreise. Die Details kennt nur er, das gefällt ihm. So ein Geheimnisgefühl hatte er lange nicht mehr. Keine Ahnung haben die hier von ihm, vom Doberer und von dem, was ihn wirklich bewegt. Auf dem Gipfel ist es einsam.
Er schnellt aus dem Drehstuhl hoch, dass der Stuhl noch ein bisschen nachdreht. Er rückt mit drei Fingern den Schlipsknoten zurecht und macht den Knopf des Jacketts zu, als er aus der Tür seines Büros tritt. Eine junge Frau sitzt vor dem Zimmer der Pflegedienstleitung und wartet. In der Ecke, wo alle auf ihre Vorstellungsgespräche warten, hier im Flur der Geschäftsführung. Füße und Knie hat sie eng nebeneinander. Artig, denkt Doberer, artig sitzt sie da. Sie fühlt sich nicht wohl in dem Rock, den sie trägt, auf Rat von irgendwem. Es macht sie noch unsicherer. Doberer spürt das sofort, Unsicherheiten, Machtasymmetrien. Er grüßt das Mädchen freundlich. Das macht er gern, das tut doch allen Beteiligten gut, man kann dabei nur gewinnen. Er möchte der Geschäftsführer aller sein, hat er bei einer DGI-Sitzung gesagt. Am Anfang hat er sich dafür noch ins Zeug gelegt. Wollte alle Bereiche kennenlernen. Einmal hat er Essen ausgegeben an der Essensausgabe, einen Mittag lang. Er hat sich nicht schlecht angestellt, fanden die Küchenangestellten. Er hat das Menü 2 ausgegeben, mit der Soße durfte er nicht kleckern. Er hatte sogar ein weißes Hygienehütchen auf. Das muss man durchziehen, hat er damals gedacht, und die meisten fanden das gut, glaubt er. Und er hat sich auch umhören lassen. Nur eine Krankenschwester musste lachen, als sie ihn erkannte. Sie hat sich hinterher entschuldigt. Er könnte auch in der Küche mithelfen,

im Keller, hat der Koch anfangs vorgeschlagen, aber das hat Doberer nicht gewollt, er wolle oben sein, sichtbar, bei den Mitarbeitern. Die meisten haben ihn damals aber gar nicht erkannt. Einer hat am Essen rumgemeckert, bis sich der Doberer unter seinem Hütchen zu erkennen gegeben hat.
Inzwischen kommt das Essen der Klinik aus Holland. Das mit der Küche hat sich daher ohnehin erledigt. Gegen Essen aus Holland ist nichts einzuwenden, hat Doberer bei der Einführung gesagt, oder wo kommt Ihr Scheibengouda her? Das ist jetzt ein Jahr her. Zu dem Satz steht er heute noch. Er selbst kauft auch manchmal Scheibengouda für zu Hause.
Die Mietz-Stallknecht wünscht ihm, dass er erholt wiederkomme. Ob sie nicht auch jetzt Urlaub nehmen wolle, das würde sich doch anbieten, fragt er sie. Danach setzt er eine Pause und sieht sie an. Aber sie lässt das an sich abprallen. Das kann sie, denkt Doberer. Vielleicht im nächsten Jahr, sagt sie. Doberer findet, dass ihre Haut heute trockener ist. Sie sitzt auch aufrechter. Macht sie irgendwelche Kurse? Ihre Vorgängerin, die Steuber, hat das immer so gemacht, Urlaub wenn der Chef in den Urlaub fährt. Aber das sagt er der Mietz nicht. Denn hier ist Brandenburg. Und sie war eine von nur drei Bewerberinnen und zudem eine, die dreihundert Anschläge pro Minute macht, wie er gern gegenüber anderen anmerkt. Mehr kann er nicht erwarten. Sie spricht sogar ordentlich Englisch, sagt er manchmal. Mickersen findet das gut, vielleicht würde öfter mal Englisch gesprochen werden in den nächsten Jahren hier, das wäre wünschenswert. Und Mickersen und Doberer haben sich zugenickt. Aber abgesehen von den sprachlichen Aspekten hat Mickersen die beste Sekretärin. So was Scharfes könnte Doberer im Vorzimmer nicht ertragen. Er fragt sich, wie Mickersen das macht. Mit Sport wahrscheinlich.

Doberer ist erschöpft. Auch das würde er nie sagen. Aber er hat es deutlich gemacht, durch Reiben der Tränenpunkte der Augen mit Daumen und Mittelfinger der rechten Hand, durch leichte Verzögerungen, gezielt eingesetzt. Die Frau zu Hause ist krank, das weiß man. Wohin er denn fahre, wurde er gefragt, und er hatte geantwortet, das stehe noch nicht fest, was heißen sollte, eigentlich egal, Hauptsache Ruhe. Er wisse, hat er in der Führungsrunde am Dienstag gesagt, der Zeitpunkt sei kritisch, die Klinik, der ganze Konzern seien im Umbruch, aber die Phase werde noch dauern und auch seine Frau, „Sie wissen, manchmal ist das einfach nötig". Niemand bittet Doberer, den Urlaub zu verschieben.
Zu Hause spricht er zu seiner Frau von einer Reise zur Konferenz des Verbundes der Privatkliniken, so etwas, in Málaga, das macht den Kofferinhalt plausibler. Er spricht leise, kontrolliert, er darf sich nicht verplappern. Er braucht diesen Urlaub, er braucht etwas Eigenes, etwas zwischen dem Krankenhaus und dem Eigenheim, etwas, das nur er kennt. Die hätten nicht alle Tassen im Schrank, sagt er über den Verbund der Privatkliniken. Er sage immer: „Schuster bleib bei deinen Leisten." Schließlich reiche eine Telefonkonferenz doch aus. Aber bitte, wenn sie ihm die Reise bezahlten, warum nicht? Es fällt ihm dabei nicht schwer, zu lügen, denn, findet er, auch für seine Frau ist das so leichter. Er findet außerdem, eine Reise steht ihm zu, nach alldem. Er ist mit sich im Reinen.
Er hat das Flugticket seit zwei Wochen. Es lag in seiner Schreibtischschublade in einer Klarsichthülle. Manchmal hat er die Schublade einen Spalt aufgezogen, sodass gerade genug Licht auf das Ticket fiel. Es lag da wie ein Versprechen. Es war ein spontaner Kauf gewesen, genau drei Wochen nachdem Nuki aus dem Salon verschwunden war. Er war wieder in den Thaipalast

gegangen und Nuki war nicht da gewesen. Zum dritten Mal.
Er hat nachgefragt, persönlich und von einer Telefonzelle in Helpt aus. Er wolle zu Nuki, er kenne sie, er vertraue ihr. Er würde auch mehr zahlen. Nuki sei nicht mehr da. Nuki sei zurück nach Thailand gegangen.
Tags darauf ist er wieder ins Industrieviertel gefahren, hat in der Luft gefuchtelt, hat sogar aufgestampft, unten im Eingangsbereich, wo der Altar steht. Er ist wieder die Treppe hinauf gestampft, hat sich entschuldigt, gebeten, mehrfach („Please, please"), zu verraten, wo sie hin sei. Eine runde, freundliche Thai mit kurzem Hals und wiegendem Gang, die er auch schon einmal hatte, hat gesagt, er solle warten. Sie ist hinter der Tür mit der Milchglasscheibe verschwunden. In dem Raum, aus dem die Frauen und die Geräusche kommen, immer wenn man zur Dusche geht. Dort drin haben sie gesprochen, mit einer Sprache, die ihm nie so fremd war wie in diesem Augenblick. Katzenartig, hat er gedacht, sind diese Laute. Dann ist die Frau wieder zu ihm gekommen. Nuki sei in Bangkok, bei ihrer Familie. Im Westen der Stadt. Sie hat ihm einen Zettel in die Hand gedrückt. Er konnte das nicht lesen. Khlong Toei, hat die Frau gesagt und zweimal auf den Zettel getippt. Wo Nuki arbeite, mit wem sie lebe, ob sie zurückkomme, hat er gefragt. Und wie sie mit Nachnamen heiße. Wieder kamen Thaiworte durch die Milchglasscheibe, der Spalt ging auf, ein Stückchen Papier wurde hindurchgereicht von einem nackten Arm. „Hier", hat die Frau gesagt, „Foto von Nuki." Darauf ist Nuki zwischen zwei anderen Frauen zu sehen. Die beiden haben ihren Arm um Nuki gelegt. Die Frauen stehen in der Dämmerung, draußen. Weiter hinten steht eine Straßenlaterne, mehr kann man nicht erkennen. Das Foto ist unscharf, Braun- und Grüntöne dominieren, nur Nukis Zähne sind hell. Als Doberer

sich bedankt hat und die Treppe hinunterstieg, rief ihm eine andere Frau hinterher: „You should not go there. You should not do that."
Doberer wird über Amsterdam fliegen. Er traut der Lufthansa nicht. Doberer glaubt nicht mehr an deutsche Marken. Die Asiaten sind besser, die Amerikaner innovativer und die Russen mutiger. Noch dreißig Jahre Ausverkauf Deutschland, denkt Doberer, und dann der Niedergang. Aber ohne ihn, denn er ist dann ein alter Mann in einem Haus irgendwo in den Bergen. Oder in Thailand.
Sein Zug über Schwerin nach Hamburg geht um elf Uhr. Vorher ist er noch in die Klinik gefahren, warum, weiß er auch nicht. Die Mietz-Stallknecht kommt zwanzig Minuten zu spät. Sie hat nicht mit ihm gerechnet.
„Oh, guten Morgen!", sagt sie. Ihre Unterlippe vibriert ein bisschen. Das „Oh" ist ein Geständnis. Er sieht sie an, sagt nichts und zählt bis vier, dann wünscht er seinerseits einen guten Morgen. Diese Pause wirkt, denkt er.
Er sitzt am Schreibtisch und schaukelt mit dem Stuhl, beantwortet ein paar Mails, sieht auf die Uhr. Dann geht er zum Bahnhof. Er hat kleines Gepäck dabei. Er ist ja ein Geschäftsmann und will auch so aussehen wie einer auf diesem Flug. Und wenn er etwas vergessen hat, macht das nichts. Er kann sich ja mal etwas selbst kaufen, ein Handtuch oder ein Hemd, das macht er sonst nie, weil er keine Zeit hat. Es soll anders werden als sonst. Er wird kein Hotel im Voraus buchen.
Im Zug denkt er an seine Frau. Sie hat es schön bei ihnen zu Hause. Er hat viel investiert in das Haus: Veranda, Teich, Wintergarten, Natursteinplatten. Sie kann jetzt mit dem Gehwagen bis zum Teich gehen. Sie wird Besuch haben von Freundinnen. Lucia wird da sein, die Haushaltshilfe. Seine Frau will jetzt mit Lucia Spanisch lernen. Es wird gehen, zu Hause. Gebraucht wird er da gar nicht.

Jetzt sieht man ihn am Flughafen als einen Geschäftsreisenden, hellblauer Anzug, braune Schuhe, Rollköfferchen folgsam hintendrein. So möchte er das. Er ist ein Geschäftsreisender, er hat einen Auftrag.
Als er im Flugzeug sitzt, fällt etwas von ihm ab. Er hat sich, denkt er, herausgenommen aus der Welt. Er lehnt sich zurück, lässt die Schultern sacken und bestellt Tomatensaft, einen Wodka und ein Wasser. Das hat ihn bei anderen Fluggästen immer geärgert, diese Tomatensaftbestellerei, jetzt will er das selbst mal machen, er kann Regeln brechen, er kann damit spielen. Alles will er überdenken, alles, denkt er, Reset.
An Bord der Maschine zählt er vier Stewards und nur zwei Stewardessen. Air Bangkok wirbt mit der Schönheit und Dienstbarkeit der Stewardessen, und Doberer hat sich darauf gefreut. Seine Klinik wirbt auch nur mit Dingen, die vorhanden sind. Er wollte hier gern die Stewardessen erleben, die Ebenmäßigkeit ihrer Gesichter, ihre Feingliedrigkeit, ihre Geräuschlosigkeit. Das hat, denkt er, nichts mit Geilheit zu tun, eher etwas mit Staunen.
Weil er erst von Hamburg nach Amsterdam geflogen ist und jetzt von Amsterdam nach Bangkok zurück über Norddeutschland, verfolgt er die Flugroute auf dem Bildschirm. Als die Maschine über Brandenburg fliegt, denkt Doberer: Jetzt, jetzt bin ich genau über euch, ihr Idioten. Er stellt sich vor, wie er während des Flugs auf der Tragfläche der Maschine steht, den Schlitz der Anzughose öffnet und in die Tiefe strullt. Auf Punzlau, das Nest, auf den Betriebsrat, auf den Dünnbier, den Wulke, diesen Rasim und noch eine ganze Reihe anderer da unten. Da habt ihr euren Landregen.
Nach vier Stunden wird man aufgefordert, die Sonnenblenden an den Fenstern zu schließen. Alle tun das. Das ist Blödsinn, denkt Doberer, das ist zu früh. Er versucht, den idealen Zeitpunkt zu errechnen, wann

man die Zeitzone des Zielortes annehmen sollte. Man müsse, denkt Doberer, neue Rhythmen früh annehmen. Er hat Melatonin dabei. Er ist gut vorbereitet. Er nimmt sich vor, dem Jetlag zu trotzen. Der Innenraum des Flugzeugs verwandelt sich in einen großen Schlafsaal. Nur vereinzelt werden die Gesichter noch von den Bildschirmen aus den Rückenlehnen der Vordersitze beleuchtet. Er sieht sich um. Wer fliegt hier zum Bumsen? Eine Männergruppe macht keinen Hehl daraus, sie sind nicht getarnt. Der Rest wird erst vor Ort zu erkennen sein, an der Art des Schlenderns, an den Blicken, an einer rastlosen Ziellosigkeit. Ich bin kein Sextourist, sagt sich Doberer. Ich bin Geschäftsmann auf Urlaubsreise und ich habe einen Auftrag. Eine Schatzsuche, denkt er. Er meint zu spüren, dass ihm das hier guttut. Aber er ist nicht sicher, woran man das festmachen kann.

Den Kopf in das kleine Airlinekissen gelegt, formuliert Doberer im Halbschlaf Sätze, die das, was er hier macht, erklären könnten. Der Mann neben ihm blickt herüber. Doberer hat wohl die Lippen bewegt und ein wenig gestikuliert. Lächeln, denkt sich Doberer, wie in Thailand. Und es gelingt, der Nachbar senkt den Blick. Das Flugzeug gleitet durch die Zeitzonen. Personal schleicht durch die Gänge. Doberer ist auf Whisky umgestiegen. Er versucht, durch langsames und regelmäßiges Atmen in einen Traum zu gleiten, der in Thailand mündet. Es gelingt ihm nicht, die Maschine verliert bereits an Höhe. Als Grund der Reise kreuzt er auf dem Einreiseformular „Business“ an.

Flughafen Bangkok. Er ist überrascht: keine Exotik. Der Flughafen könnte überall sein, nur der Singsang der Ansagen und der Blumenschmuck nicht. Doberer hört einen Moment zu, er will sich dem Fremden hingeben. Er steht in einer Schlange, lehnt sich an die Wand. Ein Grenzbeamter weist ihn zurecht. Doberer soll einen

Schritt nach hinten gehen. Dann noch einen. Eine Wut steigt in Doberer auf. Aber er will gelassen bleiben, er kramt ein Lächeln hevor, das etwas schief ist. Ein Beamter in Uniform mustert ihn aus einer kleinen Kabine heraus. Doberer muss sich hinstellen und in eine Kamera blicken. Der Beamte ist nicht zufrieden, er macht kurze Gesten, dass sich Doberer umstellen soll, etwas zurück, etwas seitlich, den Kopf gerade. Doberer will das hinter sich bringen. Er hat eine Eile mitgebracht aus Deutschland. Er stellt sich das Foto vor, das die Kamera von ihm macht. Er kennt die Fotos von sich. Zu groß, zu blass, ein bisschen krumm. Egal wie er sich hinstellt. Er hat sich daran gewöhnt. Vielleicht aber wird sich hier, in Thailand, etwas daran ändern. Und wie zur Bestätigung darf er hinter die Absperrung und ist eingereist. Er macht den Rücken gerade und marschiert nach Thailand ein.

Hagen hat Nachtdienst. Der erste von dreien. Was bleibt ihm übrig außer Durchstehen? Wenn er arbeiten kann, verfliegt die Zeit. Aber heute Nacht ist Ruhe. Seit zwei Uhr. Hagen vergräbt sich eine Stunde lang unter der Bettdecke. Dann kommt ein Anruf von der Station. Nur die Frage nach einem Schmerzmittel, aber Hagen ist dankbar, weil er jetzt eine Aufgabe hat, weil er nicht umsonst wach liegt und ja ohnehin geweckt worden wäre. Hagens Zunge ist aus Pappe. Er steht auf, fröstelt, zieht sich den Kittel über und holt sich einen Becher Kaffee vom Automaten. Die Schwestern machen immer erst gegen halb sechs Kaffee, für den Frühdienst. Hagen setzt sich auf eine Bank aus Drahtgeflecht auf dem Gang zwischen den Stationen. Krankenhausmeditation. Ein Mensch im Blaumann wischt mit einer Aufsitzreinigungsmaschine Mandalas auf den Linoleumboden. Hagen und der Mann grüßen sich stumm und solidarisch mit erhobener Hand und kurzem Nicken. Keiner sonst sieht, dass Hagen ein Held ist: die ganze Nacht bereit zum Einsatz. Er muss hier heraus, ans Licht.

Hinter der letzten Glastür des Suvarnabhumi Airports schlägt Doberer die Hitze ins Gesicht. Überdacht von Hochstraßen stehen Taxis. Doberer wird von einem Uniformierten zurückgewiesen, als er direkt auf ein Taxi zugeht. Der Fahrer zeigt zurück in die Halle. Doberer versteht das System nicht. Er findet es blödsinnig. Man müsste es sofort verändern. Er sagt das auch, mehrfach, und seine Schritte schlagen hart auf, als er in das Flughafengebäude zurückgeht. Aircondition nimmt ihn wieder in die kalten Arme. Ein Junge zeigt auf einen Automaten und sagt „Ticketticket". Doch das Display des Automaten ist kaputt. Ein anderer Mann mit Koffer, groß und schwer und weiß, zeigt auf einen weiteren Automaten und schreitet voran, Doberer schließt sich ihm an. Der Mann drückt mit kurzen Fingern auf dem Automaten herum. Triumphierend hält er ein Ticket in die Höhe und winkt Doberer heran. Er sei Jergin, sagt der Mann auf Englisch. Er stamme aus Finnland. Doberer zögert einen Moment, dann sagt er: „Peter, Germany."
„I show you", sagt der Finne.
Ob er in die City fahre, fragt Doberer. Der Finne nickt. Doberer glaubt nicht, dass das ein Finne ist. Aber er heißt ja auch nicht Peter. Ob sie teilen wollten, und wieder nickt der Mann. Doberer hat ein Taxi und einen Verbündeten. Sie sitzen nebeneinander auf der Rückbank.
„Business?", fragt Jergin. Doberer nickt. Da lacht Jergin und klopft Doberer auf die Schulter. Doberer wackelt.
„I know your business", sagt Jergin und wischt sich ein

paar Tränen aus den roten Äuglein. „Same as mine. I show you."
Vor und neben ihnen breitet sich die Stadt aus, graue Betonbänder auf Stelzen durchschneiden üppig grüne Flecken, Hütten, Rohbauten, Dreckskanäle.
„Same Hotel?", fragt der Taxifahrer und Doberer nickt. Jergins Hände ruhen unbewegt in seinem Schoß. Nur einmal, in einer kleinen Kurve, fasst Jergins linke Hand nach einem Haltegriff über der Tür.
Sie steigen vor einem großen Hotel aus. Durch die Glasfassade sieht man die Fahrstühle hoch- und herunterfahren.
Jergin hat den Taxifahrer durch die engen Straßen geleitet. Morgen Abend wollen sie einen zusammen trinken und ein wenig herumlaufen. Jergin will ihm was zeigen, „show you something nice, something you will never forget." Er hebt die Hand, als er im Fahrstuhl verschwindet. Doberer hat sparen wollen, aber das hier, das sind europäische Preise, denkt er. Er schüttelt den Kopf, während er ein Einzelzimmer für drei Tage bucht. Er kauft sich eine Badehose aus einer gläsernen Vitrine im Foyer und lässt sie sich einpacken wie ein Geschenk, obwohl er sie hier im Hotel nutzen will. Im Zimmer schaltet er die Klimaanlage auf Maximum und schläft ein.
Am nächsten Morgen liest er nach, was eine Fahrt mit dem Tuk-Tuk kostet, was ein Essen kostet. Er trinkt diesmal Tee, gegen Halsweh. Er wird hier Tee trinken und Peter heißen. Und er wird sich als Erstes einen Tempel ansehen. Er will die Zeit füllen, bis er sich mit Jergin trifft, um sieben Uhr in der Hotelbar. Die Suche nach Nuki will er erst beginnen, wenn er weiß, wie man sich hier verhält.
Doberer hat gepflegte Sommerkleidung eingepackt. Keine Shorts, keine Schlappen. Leichtes Leinen, weiße Hemden. Ein bisschen was anderes als die meisten hier.

Als der Fahrtwind des Tuk-Tuks sein Gesicht föhnt, als es ein anderes im Kreisverkehr überholt und er in den Kurven schaukelt, als er in einem Boot den Fluss hochfährt, muss er unwillkürlich lächeln. Nur so für sich. Und dann macht er etwas, das heißt, sein Körper macht etwas, das er vergessen hatte: Er gluckst. Was das wohl ist, denkt Doberer dann, irgendein nutzloser Reflex, ein Atavismus, eine Art emotionaler Schluckauf. Er folgt einer Führerin durch die Tempelanlage. Sie möchte sein Smartphone haben, um Fotos von ihm zu machen.

„For your wife", sagt sie, „or your girlfriend."

Um Viertel vor sieben sitzt Doberer in der Lobby und wartet auf den Finnen, geduscht und deodoriert.

„Ready for business?", fragt der Finne. Er ist hinter Doberer aufgetaucht. Wieder folgt ein Schlag auf die Schulter. Doberer müsste das stören, aber er merkt, dass ihm das gefällt, wenn man einen hat, der einem auf die Schulter schlägt.

„Ready to rumble", sagt Jergin.

„Yeah, let's go", sagt Doberer, das sagt man wohl.

Sie treten auf die Straße hinaus. Es ist schon fast dunkel, aber Hitze und Feuchtigkeit stehen noch in den Gassen, angefeuert durch Garküchen rechts und links. Jergin läuft vorneweg. Er schlängelt sich zwischen anderen Menschen hindurch, balanciert den Bordstein entlang und weicht Tuk-Tuks und Motorrädern aus mit dem tiefen Schwerpunkt eines adipösen Tänzers. Hier ist sein zweites Zuhause. Sie treten von der Hauptstraße in eine kleine Nebenstraße und weiter in eine zweite, Licht und Lärm sind gedämpft.

„Are you hungry?", fragt Jergin und lacht. Doberer weiß nicht, was es da zu lachen gibt.

Vor einem Hauseingang sitzen zwei Thaifrauen und

rauchen. Die Treppe ist mit Kunstblumen geschmückt. In einer Halle, die mit Teppich ausgelegt ist, sitzen weitere Frauen, und Doberer zahlt an einem Schalter eine große Summe. Dass das zu viel ist, denkt er. Er darf dann auf zwei Frauen zeigen und bemerkt, dass Jergin schneller war, dass er schon verschwunden ist, durch eine der kleinen Türen. Er wird gefragt, ob er Chicken will oder Pork, und Doberer weiß nicht, ob sich das auf die beiden Frauen bezieht, aber er sagt Chicken und dann muss er warten. Er schaut auf die Uhr, acht Minuten wartet er. Dann muss er durch eine Tür gehen, auf die eine der Frauen zeigt. Es ist wohl die Managerin. Er betritt einen kahlen Raum, in der Mitte steht ein Bett. Da liegt eine der beiden von ihm ausgewählten Frauen. Sie liegt auf einer gummierten Decke und hat gebratene Hähnchenstücke auf ihrem Bauch und auf ihren Schenkeln liegen. Sie rekelt sich so geschickt, dass kein Hähnchenstück herabfällt. Und von der Seite tritt die andere Frau an ihn heran und sagt, dass er knabbern und essen soll und dass sie ihn dann knabbern und lutschen wollen, und er sieht, dass die eine, die auf dem Bett liegt, zwei Brüste und einen kleinen Penis hat. Beide Frauen schnurren und reden irgendwas mit samtigen Stimmen, und die Stehende reibt ihm den Schritt. Sie sagt „Banana" und „Anaconda". Sie will ihn aus dem Jackett schälen, aber Doberer spreizt die Arme ab zur Abwehr. Er wendet sich ab, eilt durch die Türen hinaus und die Treppe hinunter, plock-plock macht das auf dem Beton. Von irgendwoher lacht es, Doberer denkt, dass das ihm gilt. Er beschleunigt seinen Schritt, rennt fast. Niemand rennt hier auf den dunklen Straßen. „My friend!", ruft eine Frau.

Erst als er sich durch die Drehtür des Hotels geschleust hat, bleibt er stehen, gebeugt, die Hände auf die Knie gestützt. Später, im Sessel in der Hotellobby, überlegt er, warum er geflohen ist. Vielleicht will er das gar nicht wissen. Aber er will Hühnchenfleisch von Tellern essen. Er will nur lebendiges Fleisch streicheln. Er möchte keinen Sex mit Mischwesen. Das, denkt er, ist doch angeboren.

Am nächsten Tag trifft Doberer Jergin beim Frühstück. Jergin breitet seine Arme auf der Rückenlehne aus. Ihm habe der Abend gefallen. Man müsse sich darauf einlassen, spielen, vergessen. Und beim nächsten Mal nehme er Schweinefleisch. Warum Doberer schon weg gewesen sei, fragt er, wartet aber keine Antwort ab und spricht weiter. Er denke sich zu Hause in Finnland immer neue Sachen aus, die Managerin von dem Club helfe ihm dann, seine Fantasien umzusetzen. Nur einmal sei es nicht gegangen. Aber das will Jergin nur erzählen, wenn er Doberer etwas besser kenne. Es täte ihm leid, aber viele Europäer hätten keine Fantasie beim Sex. Die Europäer steckten in der Missionarsstellung fest, seien sexuell verkümmert. Hier, in Asien, sei das anders.

„Sorry for you", sagt er zu Doberer und fährt fort.

Und auch sonst – die Europäer würden bald rechts überholt werden, in allem: Digitalisierung, Wirtschaft, Religion, Moral, Philosophie und eben Sexleben. Das alte Europa sei ein Freilichtmuseum. Doberer stimmt zu. Aber es freue ihn, dass Doberer so offen sei. Doberer nickt und geht zum Frühstücksbuffet. Er nimmt nur ein wenig Konfitüre und einen Minicroissant. Er muss an den Penis der Frau denken. Er weiß nicht, ob der Penis echt war oder die Brüste oder beides. Er schaut sich, den Teller mit dem Minicroissant in der Hand, nach einem Sitzplatz um, geht aber doch wieder zu Jergin zurück, der ihn erwartet. Er erzählt Jergin, warum er hier ist, zeigt ihm das Foto von Nuki. Jergin gefällt die Geschichte, ihm gefällt auch das Unscharfe an der

Fotografie. So sei es mit diesen Frauen, man könne sie nicht festmachen. Wenn Doberer Lust habe, werde er ihm ein wenig bei der Suche helfen. Die Managerin vom Club gestern kenne viele Frauen in der Szene. Doberer sagt, er sei sich nicht sicher, ob Nuki zu dieser Szene gehöre. Jergin lächelt. „You are in love, man."
Der Mann an der Rezeption macht eine Farbkopie des Fotos und Jergin steckt es in die Jackentasche. Er lasse sich jetzt einen Samtanzug schneidern. Und danach gehe er auf einen konventionellen Fick in die Sukhumvit Road. Er werde sich umhören.
„See you", sagt er und verschwindet durch eine kleine Seitentür neben der Drehtür.
Doberer duscht. Die Klimaanlage hat es kalt werden lassen, aber es bleibt feucht. Gezielt richtet er den Duschstrahl gegen die Haut, nicht von oben, sondern im rechten Winkel. Er duscht, wie man ein Auto wäscht. Probeweise richtet er den Strahl gegen seinen tropenschlaffen Schwanz und der begradigt sich ein wenig. Er wird sich auch auf den Weg machen.

Hagen hat sich inzwischen daran gewöhnt, dass manche der Patienten leicht und andere schwer erkranken und dass es keine Gerechtigkeit und kein Verteilungssystem für Erkrankungen gibt. Auch nicht bei Gott. Die Entlassenen vergisst man sofort und die Verstorbenen rasch. Aber jetzt hat er einen Mann seines Jahrgangs auf die Station bekommen, fünf Tage jünger als er. Der Mann kriegt kaum noch Luft. Er leidet an Zystischer Fibrose, Mukoviszidose. Ein Gendefekt sorgt dafür, dass zäher, salziger Schleim seine Organe verstopft: Lunge, Bauchspeicheldrüse, Leber, Darm, Geschlechtsdrüsen. Durch den Schleim wird die Lunge zum Nährboden für Keime. Das erste Zeichen für die Erkankung war ein Darmverschluss als Säugling. Seitdem arbeitet er täglich gegen die Krankheit mit Gymnastik, Inhalationen, Vitaminen, Enzymen und Insulin. Jetzt hat der Mann eine Lungenentzündung, die zweite in diesem Jahr. Der Tod winkt um die Ecke. Früher hieß es, dass Kinder, deren Stirn beim Küssen salzig schmeckt, bald sterben würden. Später wurden sie zwanzig Jahre alt. Inzwischen werden manche von ihnen sechzig. Der Mann braucht eine neue Lunge. Zunächst aber braucht er ein spezielles Antibiotikum, das sehr teuer ist. Auf der nächsten Sitzung der Arzneimittelkommission wird der Mann auftauchen — als roter Balken in der Sparte Antibiotikakosten.

Doberer bummelt, bleibt hier und dort stehen. Er zieht die Luft ein, Geruch von Reifen, Schwefel, Feuer am Straßenrand, Sandelholz, Ananas. Ich schnuppere, denkt er und muss lachen über so ein Wort. Er federt in seinen leichten Schuhen. Es gefällt ihm, dass er nicht auffällt, dass er allen hier egal ist. Er kann sich was kaufen, Turnschuhe zum Beispiel, denkt er. Einzelne Massagesalons tauchen auf, traditionelle Salons mit Frauen in hochgeschlossenen Kitteln und Salons mit Frauen auf Barhockern vor Neonröhren, meist vier oder fünf, die gelangweilt ihre rasierten Beine übereinanderschlagen. Diese Haut, denkt Doberer. Er muss da immer hinsehen. Sie rufen ihm zu, er wird verlegen, läuft etwas schneller, verlangsamt vor dem nächsten Salon seine Schritte, beschleunigt wieder nach einem Zuruf und so fort, wie ein weitergespielter Ball. Er gerät ab von der Hauptstraße, überquert ein stillgelegtes Bahngleis, auf dem Menschen campieren. Vor einem Biersalon mit Holzbrüstung sitzen rotgebrannte Männer in Unterhemden. Manche haben eine Thaifrau neben sich. Es wird wenig gesprochen. Rote Fingernägel kämmen durch langes Haar. Ein Mann will eine Thaifrau küssen, sie stößt ihn weg, Grölen, Beschwichtigungen.

„Kissing only private", ruft ein anderer Mann, Lachen, Zuprosten.
Doberer nimmt das Foto aus der Hemdtasche und geht auf eine Frau zu, die in einem Drehstuhl vor einer Salontür sitzt.
Wo er herkomme, fragt sie. Er sagt es ihr. Es ist immer der erste Satz.
„Schatzi", sagt sie, und lacht, „I love you. Want massage?"
„Not now", sagt er.
Sie zieht ihn am Arm. „Bumsing?"
Er zeigt das Foto. Die Frau ruft zwei Kolleginnen von nebenan.
„Why this girl?", fragt sie.
„Love", sagt er, „maybe love."
Die Frau lacht wieder und legt ihm die Hand auf die Schulter, ganz leicht, nur mit dem Handballen, „how sweet". Dann hält sie das Foto neben ihr Gesicht und imitiert den Ausdruck von Nuki, ehe sie es ihm kommentarlos zurückgibt.
Doberer zieht weiter. Er stolpert über eine herausstehende Betonplatte auf dem Gehsteig. Wer wohl haftet, wenn er sich hier etwas bricht?
Er fragt in drei weiteren Salons, aber keiner kennt Nuki. Er geht in den Bierparlour und fragt dort die Männer. Stumm werden Köpfe geschüttelt. Dann fragt er die ungleichen Paare. Sie halten das Foto ins Licht, drehen es um, beraten und fragen wiederholt nach dem Namen. Nuki, lived in Germany, immer wieder sagt Doberer die gleichen Sätze, wie ein Mitarbeiter eines Callcenters. Seine Sätze werden genauer, sie enthalten sämtliche Information, die er hat.
„Beautiful girl", sagen manche Frauen.
Doberer lehnt an einem Laternenmast und schaut nach oben, wo sich Hunderte elektrische Leitungen um einen Pfahl schlingen. Er nimmt ein Tuk-Tuk zurück ins Hotel, der Fahrtwind tröstet ihn. Er gibt zu viel Trinkgeld. Er

setzt sich an die Bar und wünscht sich jemanden neben sich. Irgendein offenes Ohr. Der Barkeeper lächelt, während er Gläser putzt, das Lächeln enthält Mitleid.
„I want", beginnt Doberer zu sprechen, ohne es vorher geplant zu haben, „I want to drink something. Something", und jetzt machte er eine Pause, „new. Something I never drank before."
Ob das mit Alkohol sein soll, fragt der Barkeeper, na klar, sagt Doberer, und der Barkeeper kündigt etwas an, und Doberer freut sich über das kleine Gespräch und trinkt das, was der Barkeeper ihm vor die Brust schiebt und noch eins davon und noch eins. Das Getränk ist gelbgrün, mit kleinen Körnchen und Blütenblättern am Rand. Es tut ihm gut.
„Anything else?", fragt der Kellner.
Doberer ist der letzte Gast, der Barkeeper lehnt an einem Schrank mit Gläsern. Doberer liegt mit dem Oberkörper auf der Bar, die Ellenbogen abgespreizt wie ein Laienschauspieler, der einen Betrunkenen spielt. Er angelt mit Zeige- und Mittelfinger in seiner Jackettasche. Er zeigt dem Barkeeper das Foto.
„This girl I want", stammelt er, „only this one. Nuki. Her name is Nuki."
„I know her", sagt der Barkeeper unvermittelt. "I know her well."
Doberer richtet sich auf. Er tut das sehr langsam. Zum Teil wegen des Alkohols, zum Teil um dem Moment eine besondere Bedeutung zu verleihen und ihn zu verlängern. Er möchte glauben, dass der Barkeeper die Wahrheit sagt, dass es wie im Film ist.
„This woman is my sister", sagt der Barkeeper. Er macht eine Sprechpause und putzt weiter an einem Glas. "You go to bed. I will show you tomorrow."
Doberer sagt auch noch etwas, er möchte den Abend gut beenden. Er erinnert sich nicht mehr an den Satz, er weiß nur noch, dass er grammatikalisch falsch war.

Irgendwas mit Freundschaft.
Im Bett liest er im Reiseführer, dass die Katzen in Thailand ein Gen haben, das dafür sorgt, dass sie nur einen Stummelschwanz entwickeln. Sie können daher nicht mehr richtig kommunizieren.

Am nächsten Morgen ist der Barkeeper nicht im Dienst. Doberer macht eine Flussfahrt, dann kauft er sich Freizeitkleidung. Er geht in den Bierparlour, mittags ist hier kaum Betrieb. Er begleitet eine Frau in ein Hotelzimmer, damit gehen zwei Stunden ins Land. Es ist unkompliziert. Es ist, wie ein Stück Brot zu essen. Sie hat sogar gestöhnt, ein-, zweimal. Er fährt zurück zum Hotel, zieht sich wieder einen Anzug an und geht zu dem Barkeeper. Der begrüßt ihn zurückhaltend und bedient andere. Zu ausführlich, zu lang, findet Doberer.
„Can we talk about your sister?“
„Maybe. Maybe not. Maybe later“, sagt der Barkeeper.
„It is important.“
„For you?“
„Could be important for her, too. Did you talk to her already?“, will Doberer wissen.
„Not now. How much do you offer to meet her?“
„One hundred“, sagt Doberer.
„She needs medical care, new clothing. Supplies.“
„What kind of supplies?“
„You don't ask, you answer.“
Doberer zahlt zweihundert Dollar an den Barkeeper. Am nächsten Tag erhält er vom Barkeeper einen Brief. Sie bedankt sich. Sie nennt ihn Sweetheart. Sie braucht noch einhundert für ein Kleid, das sie beim ersten Treffen tragen wird. Doberer merkt, wie er sich freut. Und dann denkt er, dass das vielleicht nicht von Nuki stammt. Aber er kennt ihre Handschrift nicht, er weiß kaum etwas von ihr. Er teilt dem Barkeeper mit, dass er

an die Echtheit des Briefes zweifelt.
„Western people never trust. Why?", fragt der.
Doberer will ein Foto. Der Barkeeper sagt, die hundert noch, dann wird es ein Treffen geben, morgen Abend. Doberer verlängert den Hotelaufenthalt. In fünf Tagen muss er zurückfliegen. Das Treffen soll nicht hier, in diesem Hotel stattfinden, der Barkeeper nennt ein anderes. „Warum?", will Doberer wissen. Er, der Bruder, habe hier Dienst, deshalb.

Doberer duscht lange, putzt sich gründlich die Zähne, betrachtet sich im Spiegel, nackt, von vorn und seitlich. Posiert, lächelt. Was denkt sie von ihm, was von Brandenburg? Doberer fährt zum angegebenen Hotel. Er nimmt ein Taxi. Er ärgert sich, dass er schwitzt. „Imperial" heißt das Hotel, es ist klein, die Bar winzig. Doberer ist zu früh gekommen. Er ist der einzige Mensch in der Lobby. Der Mann hinter der Bar verschwindet. Eine halbe Stunde verstreicht. Hinter einem transparenten Vorhang erscheint eine Frau. Sie hat Nukis Statur. Sie tritt hinter dem Vorhang hervor. Sie lächelt, sie ist schön. Aber es ist nicht Nuki. Sie bedankt sich für das Geld. Sie wolle sich erkenntlich zeigen und ihm einen Spezialpreis anbieten. Er könne sie auch für ein paar Tage mieten. Wie Mann und Frau, sagt sie, wie Adam und Eva. Doberer zahlt den Preis und geht mit ihr aufs Zimmer. Er stößt sich die Wut aus dem Leib. Er kommt schnell, rücksichtslos, erschlafft danach sofort und geht, ohne ihr Trinkgeld zu geben. Die Frauen verbeugen sich immer und zählen erst nach, wenn man draußen ist.
Am nächsten Tag trifft er Jergin am Pool. Jergin sagt, er habe Nuki gefunden. Nuki wolle ein Foto von ihm, um zu sehen, ob sie sich erinnere. Doberer erzählt ihm vom Vorabend. Jergin sagt, wer solche Anzüge trage wie er,

habe doch genug Geld. Ob denn der Sex gut gewesen sei, fragt er und klopft Doberer wieder zwischen die Schulterblätter. Er solle sich nicht ärgern, Ärger mache den Rücken krumm. Er solle sich eine gute Zeit machen, das könne man hier lernen. Diese Nuki ist echt, sagt er. Sie war in Deutschland, in irgendeinem Nest. Wo er denn herkomme? Doberer sagt das Wort: „Punzlau." Ja, irgend so was könne es gewesen sein. Jergin macht ein Foto von Doberer in der Badehose. Doberer protestiert schwach. Sie machen noch eins, im Liegestuhl, das Handtuch über die Schultern gelegt. Am besten, sagt Jergin, wäre ein Nacktfoto. Morgen wisse er Bescheid. Aber Spezialwünsche kosteten Geld. Und Nuki habe keines. Das sehe man auch.

Doberer geht schwimmen. Er springt vom Einmeterbrett. Keinen Kopfsprung, einen einfachen Sprung, wie in der Kindheit. Er kommt mit den Füßen auf dem Boden auf, nur leicht, aber immerhin. Gut, dass er keinen Kopfsprung gemacht hat. Jergin lädt ihn zum Abendessen ein, nur essen, beteuert er, „My dick needs a rest."

Am nächsten Tag bleibt Doberer im Hotel, er wartet auf Jergin. Jergin ist nicht beim Frühstück. Der Barkeeper ist auch nicht da. Doberer hat sich Sätze überlegt für den Barkeeper, scharfe, kurze Sätze. Doberer sitzt in der Lobby und versucht, Zeitung zu lesen. Jergin kommt durch die kleine Tür neben der Drehtür. „Sorry", sagt er. Er lässt sich in den Sessel fallen. Das sei definitiv „Doberers Nuki", sagt Jergin. Und er verstehe Doberer. Sie sei schon besonders. Spreche auch besser Englisch als die meisten anderen. Man könne richtig reden mit der.

Doberer sieht Jergin an. Er traut sich nicht zu fragen, ob Jergin sie bezahlt hat.

„Don't look at me this way. I didn't fuck her. Not this time", schiebt er nach, dann lacht er.

Morgen, morgen könne Doberer Nuki sehen. Am Nach-

mittag habe sie Zeit, vormittags müsse sie ihrer Mutter helfen.
Doberer verbringt den Rest des Tages und den folgenden Vormittag am Pool, sonnt sich, vergleicht den Bräunungsgrad von der Ober- und Unterseite seines Unterarms, schwimmt und isst Obst, bis dahin. Er wagt einen Kopfsprung, weit und flach. Es geht ihm gut. Es ist da eine Spannung in ihm, in seinem Körper. Dann steigt er ins Taxi und zeigt dem Fahrer einen Zettel, den Jergin ihm gegeben hat. Die Fahrt dauert, die Gebäude werden flacher, dazwischen Betongebirge mit Balkonen, zwei Mal will der Fahrer den Zettel sehen, dann bleibt er stehen. Neben ihnen ein schmaler Fluss, über ihnen eine Autobahntrasse. Vor ihnen Holzhäuser, zum Teil auf Stelzen. Wäsche hängt unbewegt auf Leinen. Motorradteile, Schrott, ein Rest von Dschungel in den Ecken zwischen den Häusern. Der Fahrer zeigt auf einen Hauseingang. Doberer zahlt und schließt leise die Wagentür. Er hat einen Anzug an, vielleicht ist das nicht gut, denkt er. Der Eingang ist durch einen Vorhang abgehängt, Kindergeschrei kommt von rechts. Durch die Zwischenräume eines Holzzauns steckt ein Schwein seine Schnauze und schabt mit dem Schädel am Holz. Doberer klopft an den Türrahmen. Eine Frauenstimme keift etwas aus dem Inneren. Dann öffnet sich eine Tür mit Fliegengitter. Nuki steht da und trocknet sich die Hände an einer Schürze ab.
„Long journey", sagt sie und lacht. Sie hat ihn erkannt. Sie fasst ihn am Oberarm, vielleicht um sich zu vergewissern, dass er da ist.
Es ist so, wie er sich das gewünscht hat. Ein Herzenswunsch war das. Sie reden wie damals in dem griechischen Restaurant. Er muss warten, sie zieht sich um. Rollentausch. Er lagert die Hände in den Hosentaschen. Den Hunden hier ist er egal. Er wird mit ihr essen gehen, nicht hier, etwas weiter in der Stadt,

in einem besseren Viertel. Während sie zur Hauptstraße gehen, redet Doberer und gestikuliert. Viel mehr als in den Sitzungen, den Mitarbeiter- und Vorstellungsgesprächen. Sie lacht, so soll es sein.

„Are you married?", fragt sie.

„No. No, no. Not anymore", er zögert einen Moment, „she died. Two years ago."

Sie könnte durchaus sterben, denkt er, sie ist krank. Man kann einen Gedanken wegwischen, und man darf das auch.

Sie möchte keinen Kaffee nach dem Essen, kein Dessert, es ist spät. Sie möchte später mal studieren. Er könnte ihr helfen. Sie hakt sich unter, lehnt den Kopf an seinen Arm. Man kennt das aus Filmen, denkt er. Sie fahren in die „Sky Bar". Ob sie dort schon mal war, fragt er. Sie schüttelt den Kopf. Vor dem Hotel, in dem sich die „Sky Bar" befindet, verkaufen alte Frauen in Hütten gebrauchte Schuhe an Touristen, die in Sandalen in die Bar wollen, aber nicht dürfen. Beschämt stehen sie mit nackten Füßen vor dem Hotel und kaufen für viel Geld alte Schuhe. Hostessen weisen den Weg bis zum Fahrstuhl, der mit Touristen aufgefüllt wird. Doberer hat von der Bar gelesen, sie ist auf einer großen Terrasse mit Blick auf das nächtliche Bangkok. Ein Jazztrio spielt leise Standards, als käme die Musik vom Band. Nuki rennt zur Brüstung, Doberer lächelt. Wie ein Kind, denkt er. Sie trinkt auch ein Bier.

„Next time, we will eat here", sagt er.

Sie schweigen und blicken über die Stadt, über den Fluss, der wie eine klaffende schwarze Spalte das Lichtermeer durchzieht. Wo sie wohne, fragt er. Da oder da, oder da, oder da, sie zeigt in alle Himmelsrichtungen und lacht. Sie wisse es nicht, von hier oben sei es eine fremde Stadt.

Sie steigt mit ins Taxi. In seinem Hotel angekommen, geht sie vor, sie sagt, sie würde vor seinem Zimmer auf

ihn warten, er solle sich fünf Minuten Zeit lassen. Als er auf den Flur einbiegt, von dem sein Zimmer abgeht, ist sie nicht zu sehen. Doberer wendet den Kopf, hektisch, versichert sich des richtigen Flures, geht zurück zum Fahrstuhl. Das kann nicht sein, denkt er. Hat sie die Zimmernummer vergessen? Er ballt beide Fäuste. Vielleicht die Rezeption, denkt er. Die haben gedacht, sie sei eine gewöhnliche Nutte, haben ihr den Zutritt verboten, denkt er, oder haben sie in die Irre geführt. Er wird an die Rezeption gehen. Er wird den Geschäftsführer sprechen wollen und sich nicht abwimmeln lassen. Er wird sagen, dass es nicht so ist, wie sie denken. Als er den Fahrstuhl ordert, hört er es kichern. Sie hält ihm von hinten die Augen zu. Ob er sich Sorgen gemacht hätte? Hinter der Zimmertür möchte er sie umarmen. Dann sagt sie: zweihundert, wenn sie bis morgen früh bleiben soll, er müsse verstehen. Aber dann bleibe sie volle acht Stunden. Und sie könnten morgen zusammen frühstücken. Sie findet auch, dass er ein bisschen braun geworden ist.
Er gibt sich Mühe mit ihr, mehr als damals. Er will, dass sie nichts tut, dass sie genießt. Es sei gut und in Ordnung, sagt sie immer wieder, als er sich verbiegt und grätscht und versucht, eine virtuose Zunge zu sein. Er weiß nicht, ob sie damit meint, dass es ihr gefalle oder dass sie genug habe. Sie stöhnt ein bisschen. Er will, dass sie mehr stöhnt. Aber das geht nicht, noch nicht, und am Schluss stöhnt er selbst, einmal nur, aber ordentlich. Eigentlich hatte er sich vorgenommen, alles rauszulassen. Aber mehr war offensichtlich heute nicht drin. Sie schlafen ein, einander zugewandt, Hand in Hand, meint er sich am Morgen zu erinnern.

Beim Frühstück taucht Jergin auf, sieht das Paar, winkt und wirft Nuki eine Kusshand zu. Sie lacht. Doberer hat den Mund voller Fruchtquark und vergisst für einen Moment zu schlucken. Jergin setzt sich mit dem Rücken zu ihnen, weit weg, aber das Lächeln in ihrem Gesicht hallt nach, findet er.

„Wart ihr zusammen?“, fragt er. Seine Stimme ist gezügelt und doch hätte sie sich fast überschlagen.

Nuki antwortet, Jergin sei ein lustiger Mensch, ohne Sorgen, ein bisschen wie ein Thai, das sei alles. Doberer sagt, dass heute Nacht sein Flug zurück geht. Ob sie etwas zusammen machen könnten, am Nachmittag. Sie möchte mit ihm und Jergin in eine Karaokebar. Doberer kann das nicht. Er würde sich blamieren.

„Next time“, sagt er.

Sie treffen sich um acht Uhr in einer Cocktailbar am Flughafen, um neun muss er los.

Doberer fragt Nuki, was sie aus Deutschland vermisse. Das Geld vielleicht, sagt sie. Und zwei Mal habe es im Winter Schnee gegeben. Er fragt, wie viele Männer sie in Deutschland pro Tag massiert habe.

„Don't know. Maybe four.“

Es sieht schön aus, die braunen Finger mit den roten Nägeln am Cocktailglas.

„Am I different?“

„Everybody is different.“

Aber sie würden ja jetzt hier sitzen, zusammen, das wäre doch etwas anders, oder? Ja, schon, sagt Nuki. Oder ob es Zufall wäre, ob sie hier mit jedem anderen sitzen könnte? Nein, sagt sie. Er sei nett, wirklich nett. Ob ihr die Arbeit Spaß mache?

„Sometimes“, sagt sie.

Ob sie auch Lust bekomme, wenn sie einen Mann massiere? Selten. Aber es komme vor? Ja, es komme vor. Bei ihm auch? Ob sie auch bei ihm ein bisschen Lust bekommen hätte? Oder sogar mehr als ein bisschen? Ja. Doch. Sie lächelt.

„Is it hard for you to accept my job?“

Ja, sagt er. Das kommt schnell aus seinem Mund. Seit Kurzem, seit heute eigentlich, seit er angefangen habe, darüber nachzudenken.
Sie kann aufhören damit, wenn er will. Keine Massagen mehr.
Aber es ist für eine Frau wichtig, eigenes Geld zu verdienen, findet er.
Es gebe eine Lösung, sagt sie. Sie stülpt ihre Lippen über den Strohhalm. Er fragt nach der Lösung. Sie lacht, legt den Kopf nach hinten. Ihre Haut am Hals ist ganz straff. Doberer hat vor ein paar Monaten bemerkt, dass seine Haut am Hals Falten wirft. Wie bei einer Eidechse. Er solle raten, welche Lösung das sei, sagt sie. Er weiß es nicht. Ein anderer Job vielleicht? Er zieht den Kragen seines Hemdes ein wenig nach oben.
„Marry me." Das sagt sie so dahin. Dann lacht sie.
„Das meinst du nicht ernst", sagt er. Doch, wirklich. Ihre Hand gleitet über den Tisch, nimmt seine.
„Do you want to marry me?", sagt sie langsam. Wie für ein dummes Kind. Aber er ist kein dummes Kind.
Darüber muss er erst einmal nachdenken, sagt er. Er sagt das in mehreren Sätzen. Die Sätze sind ineinander verschachtelt, sie stolpern übereinander. Nukis Hand liegt weiter auf seiner. Seine Frau sei doch tot. Vielleicht wolle er wieder eine Frau, er sei doch noch nicht so alt und er habe Geld. Ob er ein Haus habe, in das zwei oder auch drei oder vier Menschen passen würden? Ja, er habe so ein Haus. Er redet ein bisschen über das Haus. Über den Garten. Sie hört zu, bis ihr Getränk zu Ende ist. Man hört, wie der Strohhalm Luft saugt, mit ein wenig Flüssigkeit vermengt.
Ob er möchte, dass sie wieder nach Deutschland kommt? Ja. Ob er möchte, dass sie nicht mehr massiert? Ja. Sie würde ihn heiraten und nach Deutschland kommen. Sie könnten ein Kind haben, so ein hübsches gemischtes Kind. Und einen deutschen Hund, sagt sie.

Er sagt, er fühle sich geehrt. Das sei jetzt viel für ihn, neu, überraschend.
Kein Problem, sagt sie. Er solle darüber nachdenken, er könne ihr ja jederzeit schreiben oder sie anrufen. Sie streicht ihm über die Wange, während sie mit der anderen Hand die kleine Handtasche schultert. Die hat er ihr gekauft. Die Tasche schwingt fröhlich hin und her, während sie zum Ausgang geht, und ja, sie dreht sich noch mal um und winkt, bevor die Drehtür sie ins Freie entlässt.

Hagen hat viel im Keller gesessen, neben der SPET-Maschine. Die Maschine steht an ihrem Platz, wenn er abends die Tür aufschließt, und sie steht da, wenn er nachts wieder geht. Treu wie ein Hund, den man zu Hause lässt.
„Da unten wohnt der Doktor Burbeis", sagt die Koscinsky, wenn Hagen und sie sich in Anwesenheit Dritter im Treppenhaus der Klinik begegnen.
„Bin noch kein Doktor", ist das, was Hagen antwortet. Mickersen hat Schilder angebracht, außen an den Kellertüren: „Forschungsbereich", steht an der vorderen Kellertür, „SPET-Labor", an seiner Tür und darunter noch: „Kooperation Charité – Punzlau". Mickersen hat sie selbst ausgedruckt und laminiert. Die Koscinsky konnte nicht fassen, dass er das gemacht hat. „Es geschehen noch Zeichen und Wunder", hat sie gesagt.
Es ist wieder Winter geworden, über den Untersuchungen und Zahlen, die Hagen erhebt und in Tabellen ordnet. Wenn er aus den schmalen Kellerfenstern unter der Zimmerdecke hinausschaut, sieht er über sich die Schneedecke. Ein Fuchsbau ist das hier. Der Ficus hat nicht überlebt. Wenn ihn einer fragen würde, warum er das alles tut, könnte er keine gute Antwort geben. Für den Doktortitel, klar. Aber inzwischen hat das ein Eigenleben entwickelt.

Er geht immer in den Keller und macht weiter. Die K. fragt ihn manchmal, was er gerade denkt, wenn sie nach dem Sex auf dem Bett herumliegen wie Trümmer. Sie umfasst dabei, auf der Seite liegend, seinen Oberschenkel. Und dann sagt er: „Nichts." Er denke nichts, er wisse nur nicht, warum er das alles mache, das mit der Doktorarbeit.
„Und du?", fragt er. „Warum hältst du immer meinen Oberschenkel umklammert?"
Sein Oberschenkel sei eine Säule. An der halte sie sich fest. So liegen sie da, reden belanglos. In der Klinik siezen sie sich wieder und spielen Guten-Tag-Frau-Koscinsky-guten-Tag-Herr-Hagen. Vielleicht ist es das, denkt Hagen inzwischen, was den Hauptspaß an der Sache macht. Einmal besucht die K. Hagen im Keller. Sie küsst ihn und streicht ihm mit dem Zeigefinger über die Hose. Aber er will das nicht. Die SPET-Maschine und die Koscinsky gehören nicht zusammen. Sein SPET-Maschinen-Projekt soll nicht gestört werden. Es ist dort unten im Keller anders, wie in einem Tempel.
Die Koscinsky und er treffen sich an den Abenden, an denen Hagen nicht in den Keller geht, meist montags und donnerstags bei ihm. Am Anfang hatten sie sofort Sex, „Blitzi-Sex", wie die Koscinsky das nennt. Sie findet den Begriff lustig. Sie hängt oft ein I an Begriffe. Inzwischen bestellen sie erst einmal etwas zu essen. Neulich sind sie nach dem Essen sitzen geblieben und dann schlafen gegangen. „Blitzi-schlafen". Bei ihr treffen sie sich selten. Sie hat eine Sammlung von Porzellanfiguren. Katzen, Elefanten, kleine Uhren. In ihrer Wohnung hat alles, jeder Teller, seinen Platz. Und nur diesen. Hagen hat noch keinen richtigen Platz dort. Ihm ist das recht. Auch sie möchte lieber zu ihm, wenn sie Sex haben. Sie habe einen Ruf zu verlieren, sagt sie. Auch wenn er das vielleicht nicht glaube. Sie sieht auf den Boden. Es fällt ihm schwer, sie Anni zu nennen.
Vor vier Tagen hat Hagen den letzten Studienpatienten

untersucht. Alle seine Daten stecken jetzt in den Tabellen und zahlreichen Sicherungskopien. Darin, so Mickersen, sind Geheimnisse verborgen. Der erste Datensatz aus der Charité ist angekommen. Die Tabellen von dort sind anders formatiert. Hagen versucht, sie zu integrieren. Er spielt mit den Daten, schiebt Spalten hin und her, berechnet ein paar Mittelwerte und Streuungsmaße und macht sie sich zu eigen. Wann sind Zahlen hinter Kommastellen relevant? Wann sind ähnliche Zahlen praktisch gleich? An welchen Werten liegen Gruppengrenzen?
„Wir wissen doch, was wir sagen wollen, Herr Burbeis", zischt Mickersen.
Es macht viel aus, ein paar Ausreißer zu entfernen, denkt Hagen. Es ist, ästhetisch gesehen, wie wenn man einen Fleck entfernt auf einem Hemd oder überstehende Haare abschneidet. Aber macht es ethisch und gesellschaftlich etwas aus? Schadet es irgendjemandem? Wenn man ein paar Veränderungen einfügt, spielerisch, und etwas hinzufügt, erkennt man beim besten Willen nicht mehr, wie es ursprünglich war. Ein Bildhauer holt aus einem Klotz Holz das heraus, was er sieht. Ein Wissenschaftler tut das mit Daten. Er wird diesen Satz bei Mickersen ausprobieren. Es macht kaum einen Unterschied, und die Erkenntnis, was zuerst da war, verschwimmt. Wie bei einer kleinen Lüge, die sich mit jeder Wiederholung mehr in die Wirklichkeit einfügt. Aber auch die Wirklichkeit ist trügerisch. Was sind schon eine 12,5 und eine 23? Eben Zahlen, die er mit dem SPET erhoben hat. Welches waren jetzt die Original-Original-Daten? Hagen glaubt, diese hier. Das spricht er laut aus, zwischendurch, obwohl er allein ist. Die Mittelwerte sehen ganz gut aus, nach einer Weile.
Mickersen kreist über dem Forschungsprojekt. Er fragt täglich nach und lässt sich manchmal Daten schicken.
„Ich will nur noch mal sehen, was da demnächst zum

Statistiker geht", sagt er.
Schließlich, so Mickersen, schaut man ja auch in den Spiegel, bevor man aus dem Haus geht. So, wie es aussieht, sagen die SPET-Daten die Ergebnisse der Koronarangiografie und möglicherweise auch den klinischen Verlauf voraus. Dadurch könnten dem Patienten unangenehme Untersuchungen und Röntgenstrahlung erspart werden. Und das ist doch wunderbar. Das ist das, was man wollte, sieht Hagen sich verkünden. Und genau das könnte herauskommen, wenn man sich die jetzigen Daten ansieht, vorläufig natürlich, nur über den Daumen. Diese Version der Daten geht jetzt raus zur Berechnung. Die Daten aus der Charité sind eingefügt. Mal sehen, was der Statistiker damit rechnet. Er ist ein unabhängiger Mann. Wir legen alles in seine Hände. Klar, hat Mickersen gesagt, könnten wir das auch selbst rechnen, aber so ist es besser, unabhängiger. Der Statistiker ist der Gott.
Alle anderen Versionen werden gelöscht. Sonst ist es verwirrend. Eine CD wird gebrannt, „Originaldaten" steht darauf. Die überreicht Hagen Mickersen. Sie glänzt wie ein verheißungsvoller Mond.
„Solide", sagt Mickersen. „*Old fashioned* und grundsolide, der Burbeis. Wir sind raus. Die Daten zeigen, was Daten eben zeigen: die Wahrheit."

Eine Woche später meldet sich der Statistiker. Er ruft nicht einfach an, er teilt einen Telefontermin mit. Das ist gut, denkt Hagen, das will er auch mal machen. Eigentlich will der Statistiker skypen, aber das ist in der Klinik nicht üblich, Mickersen hat das Telefon laut gestellt, seine Sekretärin habe ihm das gezeigt. Woher die das weiß, ist ihm schleierhaft. Da sitzen Hagen und Mickersen, die Forscher von Punzlau, um den Hörer, der auf dem Schreibtisch liegt wie ein Zauberknochen.

„Sie kriegen das morgen auch schriftlich", sagt der Statistiker Maximilian Dörr vorweg.
„Also ...", beginnt Dörr.
Mickersen presst seine Lippen aufeinander, als wolle er selbst sprechen.
„Ihre SPET-Daten, insbesondere die Parameter Square x, Slope und Ejection2 korrelieren sehr gut mit den jeweiligen Daten der Koronarangiografie und dem klinischen Outcome. War das Ihr Ziel?"
„Doch, also, was heißt Ziel. Sagen wir, wir hatten es gehofft."
„Das hat sich bestätigt. Eindrucksvoll bestätigt. Die Streuung ist relativ gering. War die Methode etabliert?"
„Nein, ganz neu", sagt Mickersen.
„Es sind", sagt der Mann im Telefon, „schöne Daten, recht homogen, wenn man so will. Es gibt kaum Ausreißer."
„Seltsam. Was wollen Sie damit sagen?", fragt Hagen.
„Nichts. Fiel mir nur auf", sagt der Psychologe, der jetzt ein Statistiker ist. Keyboardklicken, ganz leise, am anderen Ende der Leitung. „Ja, wie immer man das dreht. Ich habe mir aber auch erlaubt, die Daten aus der Charité getrennt zu rechnen. Der Effekt ist deutlich schwächer, allenfalls minimal. War die Methodik die gleiche? Gab es Schulungen? Wer hat in Punzlau, wer in Berlin gemessen? Kann es sein, dass Stadt- und Landbevölkerung so unterschiedlich sind in dem, was Sie da untersuchen? Gibt es Interrater-Variabilitätsmessungen?"
Schweigen in der Leitung.
„Schulungen, ja. Die Messungen, also, eher nein", sagt Mickersen. „Aber wir waren durchgehend im Kontakt, haben uns über das Wie ausgetauscht."
„Verstehe", sagt Dörr. Dann sagt er: „Wir sollten die Charité-Daten mit den Punzlau-Daten direkt vergleichen. Wenn sie sich unterscheiden, müssen wir überprüfen, woran das liegt: Messmethodik, Rechnung, Population, Manipulation. Es gibt eine Reihe von Möglichkeiten."

„Manipulation können Sie streichen", sagt Mickersen. Hagen hört nicht mehr gut zu. Dörr will die Daten per E-Mail senden und die Rechnung per Post. Sie sollten sich wegen des Gruppenvergleichs Berlin-Punzlau etwas überlegen, er stehe bereit. Auch brauche man nach seiner Fallzahlberechnung noch mehr n, also mehr Probanden, am besten natürlich aus der Charité, damit die Gruppengröße sich annähere.
„Noch was anderes", sagt Dörr. „Wissen Sie, dass in den Sümpfen um Punzlau die letzten Sumpfschildkröten Deutschlands leben?" Er lacht. „Nichts für ungut", sagt er. Sei ihm gerade so eingefallen, wäre ja auch ein gutes Forschungsthema. Dann legt er auf.
„Burbeis", sagt Mickersen, „Sie müssen in die Charité und prüfen, was da schiefgelaufen ist. Ich werde mit Doberer sprechen. Gleich morgen. Wir dürfen jetzt nicht straucheln, so kurz vor dem Ziel, Burbeis, verstehen Sie?"

Mickersen möchte einen kurzfristigen Termin bei Doberer, sagt die Mietz-Stallknecht, heute noch, obwohl er wisse, dass das Tag zwei nach seinem Urlaub sei. Er habe sie geradezu bedrängt, sagt die Mietz und zieht das Kinn ein wenig an die Brust. Als ob irgendjemand sie bedrängen würde, denkt Doberer. Mickersen steht zehn Minuten später in der Tür. Doberer räumt noch einen Stapel ungelesener Papiere von links nach rechts. Mickersen kommt immer gleich zur Sache und rattert alle Argumente hintereinander herunter, dann hat er sein Pulver verschossen. Mickersen ist ein Maschinengewehr. Doberer kennt das. Mickersen will Herrn Burbeis auf Kosten des Hauses an die Charité schicken. Zum Forschen! Doberer breitet nacheinander die Gegenargumente aus: Formal, nur um das Grundsätzliche vorweg zu klären, sieht der Arbeits-

vertrag das gar nicht vor. Dazu kämen fünf weitere Probleme: die knappe Personallage, die damit vollzogene Bevorzugung Einzelner, die stagnierenden Zahlen der Abteilung für Kardiologie, die geplanten Investitionen des Hauses in den Neubau und wieder die Bevorzugung der Universitätsmedizin, der Charité, die wie ein schwarzes Loch alles aufsauge, in diesem Fall eine Arbeitskraft. Danach setzt er noch ein bisschen Perspektive: Vielleicht Drittmittel? Vielleicht ein Hospitant der Charité hier bei uns, in Punzlau? Es tue ihm leid.
„Wir müssen sehen, dass wir vor Ort vorankommen."
Mickersen verlässt das Büro. Doberer räumt den Papierstapel wieder zurück nach links.

Mickersen hat dieses gefriergetrocknete Lächeln im Gesicht. Er habe mit Doberer gesprochen, nein, gerungen habe er. Doberer gebe nicht nach. Er wolle Hagen nicht freistellen für Forschungsarbeit.
Gern könne ein Hospitant der Charité hierherkommen, aber der Konzern habe nicht das Geld, einen Assistenten ein paar Monate lang freizustellen. Für so etwas gebe es Drittmittel. Dass zwölf Wochen genügen würden, dass sie über die Kooperation mit der Charité viel Ansehen gewönnen, dass es sich längerfristig auszahlen würde, darüber vielleicht sogar Drittmittel nach Punzlau flössen und er, Mickersen, dann endlich Professor würde, all das interessiere Doberer nicht. „Alles Konjunktiv", habe der geantwortet. Habe ihn abblitzen lassen. Erneut. Genau wie bei dem Wunsch nach einem neuen Linksherzkathetermessplatz und bei der *Chest Pain Unit*.
Mickersen und Hagen sitzen nebeneinander im Chefarztbüro. Mickersen rollt mit seinem Sessel zu Hagen heran und senkt die Stimme.
„Was ich jetzt sage, bleibt in diesem Raum", haucht er.
Hagen versucht, männlich-verbündet zu nicken.

„Doberer ist ein Spießer. Ich würde ihm gern eins auswischen."
Hagen bemerkt, dass Mickersens Augen grün sind.
„Vielleicht", sagt Hagen, „hätte ich da was für Sie. Das darf aber diesen Raum auch nicht verlassen."
„Schießen Sie los", sagt Mickersen und Hagen erzählt, was er weiß. Der Ort im Industrieviertel, das Essen mit der Thai. Er habe Beweise. Mickersen findet das „unter der Gürtellinie" und auch irgendwie „banal". Er will da nicht mitmachen.
„Aber was Sie machen, ist Ihre Sache. Verstehen Sie? Machen Sie, was Sie für richtig halten. Wenn Sie Doberers Meinung ändern, gern, aber ich glaube nicht daran."
Hagen trifft sich heute Abend mit Sartin im „Kleinen Keiler" zum Tee. Er will Sartin etwas mehr über Thai-Massage erzählen und ihm ein paar Fotos zeigen.

Wenn Doberer nach Hause kommt, geht er in das Zimmer seiner Frau und begrüßt sie mit einem Stirnkuss. Dann setzt er sich in den Sessel im Nebenraum und macht sich ein Bier auf, außer am Sonntag und am Donnerstag, da macht er Tee. Er macht den Tee, damit er kein Bier trinkt, damit er sich an nichts gewöhnt.
Manchmal sitzt seine Frau im Rollstuhl, meist liegt sie aber, wenn ihr Mann kommt, schon wieder im Bett. Sie kann aus eigener Kraft an die Bettkante rutschen, wenn sie das Kopfteil des Pflegebettes hochstellt und sich am Bettgalgen mit der besseren, linken Hand festhält. Dann sitzt sie aufrecht an der Bettkante. Doberer weiß, was seine Frau noch schafft. Er möchte einen Pflegedienst einschalten, aber seine Frau möchte das nicht. Noch nicht. Sie habe ja Lucia, sagt seine Frau. Wenn Doberer kommt und Lucia da ist, spricht sie kaum mit ihm, sie nickt und lächelt und huscht zwischen den

Räumen umher wie eine Maus. Eine Maus aus Südamerika.
„Sonst ist sie aber gar nicht so", sagt Doberers Frau. Aus dem Sessel heraus sieht Doberer, wie sich seine Frau im Bett aufrichtet. Ihre schneeweißen Füße berühren mit den Ballen den Teppich. In diesem Moment sieht man ihr nichts an, keine Krankheit. Ihr langes Haar fließt über die Schultern. Das Haar hat bereits einen Graustich. Aber von hier, von Doberer aus, könnte man es für langes, hellblondes Haar halten. Früher hat sie einen Zopf getragen, der die Wirbelsäule verlängert hat wie ein Lot. Und sie ist sehr aufrecht gegangen und gleichmäßig. Ein Verehrer, von denen es viele gab, hätte ihr einmal gesagt, sie gehe nicht, sie schwebe, erzählt sie manchmal. Also früher, vor der Krankheit.
„Es gibt ein neues Medikament", ruft Doberer aus dem Ledersessel hinüber ins Schlafzimmer. Er habe mit van Noergelen gesprochen, dem Neurologen. Er will demnächst mal vorbeikommen. Er tut das alle paar Wochen, abends. Dann macht Doberer einen Bordeaux auf und sie sprechen zu dritt. Van Noergelen hat gesagt, Doberers Frau habe eine „skandierende" Sprache. Er hat das zu Doberer gesagt, als seine Frau auf die Toilette gefahren ist. An diesen Ausdruck denkt Doberer jetzt immer, wenn seine Frau spricht. Er ärgert sich über van Noergelen, der ihn darauf aufmerksam gemacht hat. Van Noergelen spricht selbst komisch, denkt Doberer. Er näselt so neurologisch herum. Seine Frau jedenfalls zerhackt die einzelnen Wörter mit ihrem Mund, den sie dabei etwas zu weit aufmacht. Außerdem wackelt sie mit dem Kopf. Sie kann durch die Krankheit die Bewegungsamplitude nicht genau berechnen, hat van Noergelen gesagt. Schön ist das nicht. Doberer weiß, dass seine Frau nichts dafür kann. Überhaupt kein bisschen kann sie dafür. Sie kann einem leidtun, das denkt er dann, sicherheitshalber, bevor er denkt, dass

es aber trotzdem hässlich aussieht, wenn sie spricht. Es dauert manchmal lange, bis sie einen Satz zu Ende gesprochen hat, und Doberer ärgert das und er schämt sich dafür. Denn eigentlich haben sie ja Zeit, abends, zu zweit in dem großen Haus.
Das Wohnzimmer geht, nur durch bodentiefe Schiebefenster getrennt, in die Terrasse über und diese wiederum in den Garten und der in die Felder, sodass der Blick weit reicht und das Herz aufgeht, denkt Doberer. Und das Bier ist auch nicht schlecht.

Doberer hat Mickersen erneut in sein Büro gebeten. Hagen darf in der Charité hospitieren.
„Kurzes Vieraugengespräch und schon läuft der Laden", sagt Mickersen.
„Warum macht man das an den Augen fest und nicht an zwei Mündern oder vier Ohren?", fragt Niko später beim Essen. Vielleicht könne er, Niko, ja mal zum Forschen nach Halle.
Warum der jetzt weich geworden ist, wisse er auch nicht, sagt Mickersen. Er schaut Hagen länger in die Augen. Lippenschürzen, Schulterheben von Hagens Seite. Hagen kriegt vier Wochen an der Charité. Das ist nicht viel, aber es muss reichen. Er könne dort in Ruhe weiterspeckeln, die Sache rund machen. Eine Duftmarke hinterlassen.
„Frauen gehen in Mutterschutz, Sie gehen in Forschungsschutz", sagt Mickersen.
Bezahlt würde das Ganze zu fünfzig Prozent aus einem Topf der Deutschen Forschungsgemeinschaft an der Charité und zu fünfzig Prozent von den Dubio-Kliniken. Die brauchen einfach mal jemanden, der sich auskennt. Hagen spürt, wie Mickersens Hand auf seinen Oberarm klopft. Unser bestes Pferd im Stall, sagt er. Wie er denn in Berlin wohnen ..., na, das würden sie schon hinkriegen, sagt er. Am nächsten Freitag soll das Vorstellungsgespräch mit

Professor Hellbrock stattfinden. Hellbrock ist der alte Chef von Mickersen. Professor Dr. Dr. h. c. mult.
„Sieht aus wie Hindenburg", sagt Mickersen. Hagen schaut sich Bilder von Hindenburg im Internet an. Eigentlich sollte Hagen mit der K. an die Ostsee, das muss er absagen.
„Darauf muss ich Sie noch vorbereiten", sagt Mickersen, „Hellbrock ist schwierig."
Man müsse dringend verhindern, dass Hagens Vita in Hellbrocks Finger gelange.
„Das Wichtigste: Antworten Sie kurz", sagt Mickersen, „wenn überhaupt. Lassen Sie ihn reden. Und vergessen Sie nicht, Ihr Gehirn einzuschalten."
Sie fahren mit Mickersens Zweitwagen nach Berlin, einem Sportwagen. „Passt besser in die Tiefgarage", sagt Mickersen, der zu günstigen Zeiten ein kleines Appartement in Berlin-Mitte gekauft hat. Hellbrocks Sekretariat befindet sich im Hauptgebäude der Charité im vierten Stock. Am Fahrstuhl ist ein Schild angebracht: „Sollten Sie den Weg nicht besser zu Fuß gehen? Gezeichnet Hellbrock, Professor für Kardiologie". Mickersen geht ohnehin die Treppen. Im Vorzimmer sitzen zwei Sekretärinnen. Die ältere öffnet Hagen und Mickersen die Flügeltür zum Büro des Professors.
Hellbrock sitzt am anderen Ende des Raums, etwa zehn Meter von der Eingangstür entfernt. Sein Schädel, sein Brustkorb, sein Bauch, alles scheint wie aus einem Felsbrocken herausgehauen. Zwischen ihm und dem Besuch versperrt ein Massivholzschreibtisch den Weg.
„Ahh, die Abordnung aus Punzlau!", sagt Hellbrock und blickt über seine Lesebrille hinweg. „Sind Sie zu Fuß hochgekommen?"
Die Hände der Ankömmlinge werden über die große Schreibtischfläche hinweg gequetscht.
„Burbeis, aha", sagt Hellbrock, „fassen Sie kurz zu-

sammen, was Sie hierherführt."
Hagen erläutert das Vorhaben: hier ergänzende Daten erheben, gerade im Hinblick auf den klinischen Verlauf und bereits etablierte Parameter, Überblick gewinnen, tiefer einsteigen mithilfe der Kompetenz an der Charité. Hellbrock lässt Hagen reden und blickt auf die Schreibtischmaserung. Als Hagen aufhört, schweigt er, sieht zu ihm auf und dann zu Mickersen.
„Warum", brummt er, „sollten die Katheterdaten mit den SPET-Daten korrelieren, pathophysiologisch gesehen?"
Mickersen und Hagen sehen sich an. Mickersen fängt an zu reden, irgendwas mit Remodeling des Herzens.
Hellbrock unterbricht ihn. „Mickersen", sagt er, „ich habe Sie zehn Jahre lang betreut. Sie waren ehrgeizig, diszipliniert und haben ordentlich gearbeitet. Aber Sie reden zu früh und zu viel. Gehirn einschalten, sage ich immer." Es folgt eine kurze Pause, damit die Worte in die Zuhörer eindringen. Es ist klar, dass er noch etwas anfügen wird.
„Prinzipiell interessieren mich unvorhergesehene Ergebnisse mehr als vorhersehbare", fährt Hellbrock fort. Dabei ist er aufgestanden und läuft jetzt in seinem Büro auf und ab. Man sieht, dass dort, wo er geht, der Teppich abgetretener ist als an anderen Stellen.
„Daher lasse ich mich auf dieses Experiment ein. Denn wenn man das findet, was man vermutet, bedeutet das Langeweile. Forschung beginnt jenseits der Erwartungen." Er stützt sich mit beiden Fäusten auf dem Schreibtisch ab. „Nun noch ein paar ausgewählte Informationen: Ich werde Sie, Herr Burbeis, gelegentlich im Labor besuchen. Meine Besuche finden zwischen acht und zwanzig Uhr statt und geschehen unangekündigt, allerdings nie zwischen zwölf und vierzehn Uhr. Es sind üblicherweise fünf bis sechs Besuche bei den Postdocs, die nur einen bis drei Monate hierbleiben. Ich erwarte Sie dann an Ihrem Platz. Sie brauchen

sich nicht vorzubereiten, ich möchte nur ein bisschen diskutieren. Ferner erwarte ich die Teilnahme am Postdoc-Seminar dienstags um achtzehn Uhr, am kardiologischen Forschungslunch montags um dreizehn Uhr und an den externen Vorträgen, die jeden zweiten Freitagmittag stattfinden. Ich wünsche zudem, dass Sie Ihren Forschungsplan im Postdoc-Seminar in zwei Wochen vorstellen und Ihre Ergebnisse im gleichen Seminar in sechs Wochen. Das sind fünfzehn Termine, die Ihren Wochenrhythmus takten. Sie bekommen wie alle Postdocs einen Arbeitsplatz im Labor, den Ihnen Frau Doktor Yang, meine Assistentin, gleich zeigen wird. Das Mittagessen erhalten Sie zum Studententarif. Eine Sache noch zu mir: Ich bin in der Regel freundlich. Das kann sich aber kurzfristig ändern. Noch Fragen? Vielen Dank, die Herren."

Hellbrock bewegt sich um den Schreibtisch herum auf Mickersen und Hagen zu. Er überragt Mickersen um einen Kopf. Jetzt steht er Hagen gegenüber, sein Bauch berührt ihn fast.

„Sie sehen eigentlich zu gut aus für einen Mann, der ernsthaft forscht, also, forschen will", sagt er. „Was hat Ihr Vater beruflich gemacht?"

„Schwimmmeister", sagt Hagen.

„Ahh", sagt Hellbrock, „das gefällt mir. Mal was anderes. Vor allem kein Arzt und kein Lehrer. Schwimmmeister hatten wir noch nicht."

Er geleitet die beiden zur Tür hinaus. Man folgt ihm, wie ein Mond einem Planeten folgt. „Schwimmmeister", murmelt er, während er sich im Türrahmen umdreht, „das ist gut."

Draußen wartet eine Chinesin. Ob sie Frau Doktor Yang sei, fragt Mickersen. Nein, sie sei Frau Doktor Hu. Frau Doktor Yang befinde sich aber auf dem Weg hierher und müsse in ein bis zwei Minuten eintreffen.

Sartin fragt Hagen, was ein Addendum ist. Er zeigt ihm ein DIN-A4-Blatt, das in einer Klarsichthülle in seinem Fach lag. „Addendum zum Beschäftigungsvertrag“, steht darauf. Sartin liest es Hagen langsam vor: „Es wird festgelegt, dass Herr Sartin Rasim, Assistenzarzt an den Dubio-Kliniken Punzlau, freitags in der Zeit zwischen 12.30 und 14.30 Uhr unter Vorbehalt einer ausreichenden personellen Besetzung und nach Rücksprache mit dem diensthabenden Oberarzt die Klinik zur Verrichtung des Freitaggebets im Gebetsraum in Punzlau für die Dauer von maximal 90 Minuten verlassen darf.“ Hier macht Sartin eine Pause.
„Ich bin solche Sätze nicht gewohnt“, sagt er und fährt dann fort: „Die versäumte Dienstzeit muss nachgeholt werden. Die Nachholzeit muss nachgewiesen und vom Oberarzt abgezeichnet werden.“
„Du kannst beten gehen, heißt das“, sagt Hagen. „Was ist mit Doberer los? Ich kriege Forschungszeit, du kriegst Gebetszeit. Was hast du gemacht?“
„Ich habe eine Kopie deines Fotos aus dem Restaurant in einem Umschlag in Doberers Fach gesteckt. Das ist alles. Man muss nicht unbedingt tote Ratten auf Fußmatten auslegen.“

Was immer Doberers Frau tut, sie braucht beide Hände dazu. Sie sagt ihrem Mann, dass ihre rechte Hand nicht ganz zu ihr gehört.
„Alien-Hand-Phänomen“, hat van Noergelen gesagt und an seinem Glas genippt.
An guten Tagen gelingt es ihr, die Haare zu einem Pferdeschwanz zu binden. Doberer hat inzwischen gelernt, einen einfachen Zopf zu flechten, für die anderen Tage, wenn sie einen Zopf tragen möchte. Die guten Tage markiert seine Frau mit der linken Hand im Kalender. Doberer sieht den Kalender auch vom Sessel aus. Man

könnte eine Grafik machen, die Anzahl der guten Tage im Verlauf der letzten Monate. Im letzten Monat war es ein guter Tag weniger als im Vergleichsmonat im letzten Jahr. Einer weniger, das ist nicht so viel. Einer von acht. Mit der linken Hand nimmt sie das Zopfgummi. Ausfahrend (van Noergelen: „ataktisch") bewegt sich ihr rechter Arm hinter den Kopf. Der Arm schlägt gegen ihr Ohr, sie greift ins Haar, versucht den ganzen Schweif zu fassen, und dann kommt die linke Hand dazu. Doberer soll nicht eingreifen. Doberers Frau muss vor allem im Gleichgewicht bleiben, im freien Sitz, wie die Physiotherapeutin sagt, sonst kippt sie nach vorn. Das ist einmal passiert und Lucia hat ihr aufgeholfen. Es war an einem Freitag, Doberer war lange weg gewesen, im Industrieviertel. Vielleicht, denkt er, ist sie umgekippt, als er bei einer Thaifrau war. Als hätte er sie mit Sperma aus dem Gleichgewicht geschossen. Was für ein bescheuerter Gedanke, denkt er dann und versucht, den Gedanken aus der Schleife zwischen Bewusstsein und Sprache zu vertreiben wie eine Wespe.

Die rechte Hand seiner Frau hat jetzt die Haare gepackt, die Linke hat das Zopfgummi gespannt und über die Haare gestülpt, jetzt muss die Rechte loslassen, aber das tut sie manchmal nicht. Die Rechte ist wie ein trotziges Kind. Doberer sieht, wie seine Frau versucht, an etwas anderes zu denken, sich auf die Balance zu konzentrieren. Sie fährt mit dem Blick die Konturen der Tür ab, die Bilder, die er für sie aufgehängt hat, ihre „Wechselausstellung", wie Doberer sie nennt. Sogar an der Decke über dem Bett hat er ein Bild angebracht: „Susanna im Bade" von Lovis Corinth. Sie lässt ihn alle paar Wochen die Bilder wechseln. Sie hat Kunstgeschichte studiert, das hilft ihr jetzt.

Ihr Blick streift Doberer, der zurücklächelt. Dann lenkt sie ihre Aufmerksamkeit wieder auf ihre rechte Hand. Überraschungsangriff, nennt sie das. Diesen Trick hat

sie aus der Selbsthilfegruppe mitgebracht. Die Selbsthilfegruppe trifft sich in Berlin. Sie telefoniert manchmal mit den Mitgliedern, die sie noch kennt. In Punzlau wollte sie eine neue Gruppe gründen, aber es hat sich nur eine einzige Frau gemeldet, die hatte eine andere Krankheit. Die sind noch nicht so weit, hat Doberer gesagt. „Wir beide müssen hier Entwicklungsarbeit leisten."
Jetzt lässt die rechte Hand seiner Frau los und die Linke zieht die gebändigten Haare durch das Gummi. Ein guter Tag, ein Tag für einen Eintrag im Kalender. Dass einmal ein Jahr besser würde als das zuvor, ist ein guter Wunsch, findet sie.
Van Noergelen hat das „Zufriedenheitsparadox" genannt. Als die Frau nicht dabei war. Dann hat er gesagt: „Erkannt – benannt, benannt – erkannt. So sind wir Neurologen." Er trinkt zu viel Rotwein, das findet Doberer schon lange.

Hagen wird zu Doberer zitiert. Er schaut kurz in Doberers Gesicht. Er darf nicht zu lange hinsehen, sonst macht er sich verdächtig, aber auch nicht zu kurz, sonst erkennt er nichts. Doberer sitzt Hagen gegenüber und schweigt. Dabei hat er die Arme vor sich auf dem Schreibtisch ausgestreckt und spielt an seinem Ehering.
„Sie haben das bestimmt schon von Mickersen gehört, das mit Ihrer Zeit an der Charité", beginnt er.
Er öffnet den Mund beim Sprechen kaum. Hagen ist sich nicht sicher, ob Doberer gerade wirklich etwas gesagt hat. Bevor er antworten kann, fährt Doberer fort:
„Ich genehmige das. Aber ich lasse mich nicht erpressen."
Der Satz steht einen Moment in der Luft.
„Wer sollte Sie denn erpressen wollen? Und womit überhaupt?"
Man muss sich das selbst glauben, dass man unschuldig ist, dass man keine Ahnung hat. Man muss davon über-

zeugt sein. Ein paar Fotos hat er gemacht und sie einem anderen gezeigt. Das ist doch nicht schlimm, jemandem Bilder zeigen oder schicken.

„Genau so sehe ich das auch", sagt Doberer. „Man kann mich nicht erpressen. Ich habe nichts Unrechtes getan. Es gibt aber Leute in diesem Haus, die das versuchen. Und nur einige wenige Verdächtige. Ich behalte mir vor, die Polizei einzuschalten. Falls Sie etwas damit zu tun haben, gehen Sie in sich. Falls nicht, betrachten Sie dieses Gespräch als gegenstandslos. Sie können unter der Woche nach Berlin fahren, vier Wochen lang, jeweils Montag bis Donnerstag. Am Wochenende machen Sie mindestens einen Tag- oder Nachtdienst hier bei uns. Gerade freitags brauchen wir jetzt Verstärkung, wie Sie vielleicht wissen."

„Wunderbar, das mit Berlin, meine ich", sagt Hagen, er kann sich nicht erinnern, das Wort „wunderbar" schon einmal benutzt zu haben. „Danke."

„Ich tue das für Mickersen. Wie es mit Ihnen weitergeht, sehen wir danach", sagt Doberer.

„Ach so. Ja", antwortet Hagen. Und weil Doberer nichts mehr sagt, steht er vorsichtig auf, sodass Doberer noch Einspruch erheben könnte. Tut er aber nicht, er fixiert Hagen nur, versucht wohl, ihn zu durchschauen. Hagen geht ein paar Schritte rückwärts. Als ob er einem Wolf begegnet wäre, denkt er. Einem verletzten Wolf.

Er hat bei Chen angerufen, wegen Wohnen in Berlin. Chen hat gezögert, denn er hat jetzt eine Freundin.

„Wir leben schon zusammen", sagt Chen, „wir wollen sogar heiraten."

„Du machst Sachen", sagt Hagen.

Natürlich darf er trotzdem bei ihnen übernachten. Chinesen seien die Enge gewohnt und würden das mögen. Es sind ja ohnehin nur circa zwanzig Nächte. Und nur

unter der Woche, da kämen er und seine Freundin ohnehin erst sehr spät nach Hause.
Als Hagen in Berlin ankommt, sitzen Chen und seine Freundin um einen kleinen Tisch in einer kleinen Küche. Chen ist größer, als Hagen ihn in Erinnerung hat. Chens Freundin heißt Lan Liu. Sie studiert Klavier und Mathematik, tanzt Ballett und schwimmt Delfin. Es gibt Nudeln und zum Nachtisch serviert Chen Geschichten von Hagen aus dem Studium. Lan Liu lächelt. Sie lächelt etwas zu lange.

Seine Frau liegt ausgestreckt auf dem Sofa, als Doberer nach Hause kommt. Nicht im Bett, auf dem Sofa, das ist neu. Er küsst sie auf die Stirn und sagt etwas Nettes. Ihre linke Hand hält ihn fest und küsst ihn zurück. Es macht ein Geräusch, ein kleines Schmatzen, nicht absichtlich. Das geht, sie kann küssen und blöd im Kopf ist sie auch nicht. Sie will nicht sprechen, sie will es so wie früher. Sie zupft an seinem Jackett. Er soll es ausziehen und in die Ecke schmeißen, sie zeigt dorthin. Er zieht sich aus, wenigstens obenherum, und hilft ihr dabei, nein, er zieht sie auch aus, das ist wie bei anderen Paaren. Fast fällt sie vom Sofa, sie lacht darüber, er lacht nicht, er konzentriert sich. Ihr rechter Arm fuchtelt, sie kann nicht richtig stehen, aber das braucht man auch nicht dafür. Sie haben es seit einem Jahr nicht mehr gemacht. Sie ist eine schöne Frau, sagt er sich immer wieder. Und das stimmt, er kann das erkennen, oder erinnern, wie man es nimmt, und er konzentriert sich darauf und wird steif. Sie kann den Urin nicht immer ganz halten, das muss er vergessen, das muss sie vergessen dabei. Es ist ja auch nur manchmal. Ihre Haut ist ganz kühl, das erregt ihn. Sie kniet sich hin, die Ellenbogen auf das Sofa, das ist stabil. Und er knipst das Licht der Stehlampe aus und kniet sich hinter sie. Ihr Hintern

leuchtet wie der Vollmond. Weiße Haut ist nackter als braune, denkt er. Es ist feucht da unten bei ihr, irgendwie feucht halt, französisch macht er nicht, das kann man nicht erwarten. Sie scheint voller Verlangen. Sie hat ja angefangen, ja, sie hat angefangen, erstmals seit einem Jahr. Das freut Doberer. Dass er gewollt wird, das freut ihn immer, besonders natürlich hier, zu Hause, als Mann. Eine Weile lang, vor einigen Jahren, hat er Kalender geführt, wie oft sie zusammen waren. Ein Sternchen im Kalender war Sex, ein Strich war Workout. Die Sternchen wurden seltener. Es ergibt sich nicht mehr, dachte er. Manchmal dachte er, er habe es verlernt, das Anfassen, das Küssen. Die Existenz von ihm und seiner Frau als Liebespaar vergeht. Und als Erinnerungshilfe gibt es keine Fotos, wie von anderen Dingen. Zu reden hatten sie beide aber genug, von der Arbeit, von der Krankheit. Auch von ihrer Arbeit, denn sie hat angefangen, bei der Telefonseelsorge zu arbeiten. Und über den Sohn natürlich. Doberer hätte gewollt, dass er ein englisches Internat besucht, für ein paar Monate. Eine solide Grundlage in Englisch sollte das werden, hatte Doberer gesagt und sich durchgesetzt. Da war der Sohn, Clemens, vierzehn Jahre alt gewesen. Je früher, desto besser. Ein gutes Internat in Yorck, schöne Sache, sie waren anfangs zweimal da. Es gefiel ihm, er verlängerte, blieb ein Jahr, dann ein zweites, und dann ein drittes. Er wird in England seinen Abschluss machen. Er hat eine englische Freundin. Ob er etwas geschrieben hat, ob er vielleicht einmal zurückkommt, darum geht es in ihren Gesprächen oft. Sie sind sich einig in dieser Sorge, es verbindet sie.
Jetzt denkt er an die graubraunen Internatsmauern, damit er nicht gleich kommt. Sie möchte, dass er weitermacht, immer wieder im Wechsel, mal zärtlich, mal fest, er erinnert sich daran, wie sie es mag. Er ruft sich die kalten Internatsmauern vor Augen, die dem

Sohn so gut gefallen. Sie sollten wieder mal hinfahren. Wut steigt in ihm auf, er weiß gar nicht, woher die kommt, aber sie hilft ihm, sie ist mit Geilheit verwandt. Mit jedem Stoß wird sie größer, die Wut. Das ist Leidenschaft, denkt er, es ist völlig in Ordnung. Es ist viel besser als Ekel. Was soll das alles? Wozu die Bewegungen, die lächerlichen Posen?, denkt er. Er ist sich unsicher über den Sinn dessen, was er hier macht, was sie hier machen, denn das Kindermachen, der Zweck dieser Bewegungen, hat sich erübrigt, sie haben einen Sohn und der ist weg und ein zweites Kind haben sie nicht gewollt. Er macht weiter, es ist seine Pflicht und er erfüllt seine Pflicht und es gefällt ihr, das spürt er. Und dann muss er die Pflicht beenden, es pressiert. Die Pflicht endet als kleine Pfütze auf ihrem Hintern. Denn wer weiß, sagte er sich, vielleicht ist sie noch fruchtbar. Fruchtbar für Kinder, die dann ins Ausland gehen. Er berührt sie, sie wendet sich ihm zu, sie lächelt, sie bebt ein bisschen nach. Das ist schön, denkt er. Etwas welk ist das Lächeln, wahrscheinlich spiegelt es seines. Er streicht ihr über die Haut, streicheln will er, nicht tätscheln, da muss man aufpassen. Die Natur, denkt er, ist schön. Aber voller Fehler.

Hagen hat einen Platz im Labor der Postdocs bei Hellbrock bezogen. Er arbeitet mit dem SPET-Gerät, zusammen mit Robin aus Estland. Robin hat in Estland ein Echokardiografielabor geleitet, seit sechs Monaten forscht er jetzt an der Charité. Mittlerweile ist er mit der neuen SPET-Technik verwachsen. Für das Gerät der Charité hat er eine eigene Software geschrieben. Geduldig hört er sich die Dinge an, die Hagen über SPET weiß. „Aha, aber", sagt er nach jedem von Hagens Sätzen und reiht anschließend Gegenargumente aneinander, die er mit praktischen Beispielen am Gerät unterlegt.

Spät abends schleicht Hagen zu Chen und Lan Liu und legt sich auf die Klappmatratze im Flur. Er hat keine Bedeutung hier, er muss ganz leise sein.
In der dritten Woche hat er einen Termin bei Frau Yang. Es ist ein kurzer Termin. Man habe die Daten geprüft. Die allerersten, die er geschickt habe, die, die er für die Veröffentlichung benutzt hat und die Daten aus der Charité. Frau Doktor Hu habe das mehrfach abgeglichen. Die Daten aus Punzlau, insbesondere die zweiten, weichen alle in die gleiche Richtung ab, sie sind tendenziös. Die Forschungskommission habe gestern darüber beraten. Er soll seine Sachen packen und sofort, innerhalb von drei Stunden, die Abteilung verlassen. Man habe den hochgradigen Verdacht gegen ihn auch seinem Vorgesetzten, Herrn Privatdozenten Mickersen, und dem Geschäftsführer der Dubio-Kliniken Punzlau, Herrn Doberer, mitgeteilt. Bevor er dieses Haus verlasse, solle er alle Originaldaten, also die „Original-Originaldaten" auf diesen Stick laden (mit der rechten Hand in die Luft gehalten) und diese Erklärung (Blatt in der Linken zwischen Daumen und Zeigefinger) unterschreiben.
Er fährt mit dem Zug zurück nach Punzlau. Die Natur da draußen macht immer einfach weiter, als sei nichts gewesen. In Farchau muss man inzwischen nicht mehr umsteigen.

Seine Kündigung aus Punzlau liegt im Briefkasten. Hagen kann einpacken. Er hat bis zum Vertragsende nach Abzug des Resturlaubs noch vier Arbeitstage. Was kann einem passieren, wenn man nach dem Rausschmiss nicht mehr antritt? Er könnte Sartin fragen. Er muss noch ein paar Bücher aus der Klinik holen, sein Stethoskop, einen Laptop. Und er will ein paar Leuten die Hand schütteln. Er will auch seine Version der Geschichte berichten. Die

muss er aber noch richtig ausformulieren. Dazu geht er spazieren. Aber eine gute Version stellt sich nicht ein.
Er betritt am Abend gegen halb sechs die Klinik. Die Abendstimmung im Krankenhaus mag er, die Geschäftigkeit hat sich gelegt, die To-do-Listen sind voller Haken, viele Patienten schlafen schon erschöpft. Im besten Fall liegt ein Geruch von Tee in den leeren Fluren der Stationen. Er hält Ausschau nach Nadja, Niko, Sartin, Philomena und Kosloff. Er findet Mickersen.
„Herr Burbeis! Letzte Amtsgeschäfte? Haben Sie einen Moment?" Ohne eine Antwort abzuwarten, schiebt Mickersen Hagen durch die nächste Tür. Es ist ein Lagerraum mit Wischmopps und Reinigungswagen. Mickersen sieht sich um, als befürchtete er Zeugen. Er setzt sich auf einen runden grauen Rollhocker, Hagen bleibt stehen und schaut zu Boden. Schweigen. Dann sagt Mickersen:
„Ob Sie es glauben oder nicht, es tut mir leid, irgendwo. Sie hätten hier einen guten Karriereschritt machen können. Ich weiß, wie sehr das juckt, wenn Daten nicht passen. Daran misst sich Charakter, und den müssen Sie noch weiter ausbilden. Aber besser, Sie kriegen den Warnschuss jetzt. Und unter uns: Ich glaube weiter an SPET."
Mickersen macht eine Pause. Vielleicht will er sehen, ob etwas von Hagen kommt. Hagen hat nichts zu gestehen. Es waren leichte Verschiebungen von ein paar Zahlen für Wahrheiten, die hinter den Daten hindurchschimmerten. Wie eine archäologische Kostbarkeit, bevor man sie freipinselt. „Wir wissen doch, was wir sagen wollen", hatte damals einer gesagt, und das war Mickersen. Und die Doberer-Sache? Er hat ein Foto gemacht und weitergereicht. Er war ein Paparazzo aus Punzlau. Der Rest geht auf Sartins Konto. Ein Jungsstreich, eigentlich.
„Eine wichtige Sache müssen wir noch erledigen, bevor Sie gehen", sagt Mickersen in die Stille. Sein Lächeln hat etwas Muskuläres.

„Das Tennismatch", sagt er mit einem Blick zwischen Versöhnung und Angriffslust, „wenn Sie gewinnen, verzeihe ich Ihnen ein bisschen."

Hagen folgt Mickersen in sein Büro. Mickersen gibt eine Zahlenkombination in das Schloss seines Spindes ein. Darin Oberhemden, Krawatten und zwei Trainingsanzüge, hängend. Auf dem Boden steht die Tennistasche, prall gefüllt, ein Waffenarsenal. Mickersen sieht an Hagen herunter. „Was brauchen Sie?"

Mickersen trägt jetzt Schweißbänder an den Armen und an der Stirn. Er bietet Hagen ein Stück Traubenzucker an, während sie im Bettenaufzug nach unten fahren. Der Trainingsanzug an Hagen sitzt etwas knapp. In der Rechten hält er einen schwarz-grünen Tennisschläger.

„War damals der beste auf dem Markt", sagt Mickersen, der jetzt Atemübungen macht, indem er stoßweise ausatmet und dabei intoniert: „Uh, Uh, uh." Keiner, den sie treffen, scheint sich darüber zu wundern. Alle kennen Mickersen.

Auf dem Platz, nordöstlich von Haus 3, begleitet Mickersen jeden seiner Schläge mit Stöhnen. Hagen ist damit beschäftigt, die Bewegungsabläufe aus seiner Jugend zu reaktivieren. Mickersen lobt ihn überschwänglich für jeden guten Ansatz. Das hat etwas Väterliches. Er kann hier gefahrlos loben. Hagen drischt einige Bälle in den Himmel oder ins Netz. Doch nach und nach gewinnen seine Schläge an Schärfe. Warm spielen sieht anders aus. Man kann am Klang der saitenbespannten Schläger erkennen, dass hier ein gutes Match bevorsteht.

Zwei Spaziergänger und ein Patient mit baumelndem Katheterbeutel bleiben stehen. Ein Pfleger aus der Chirurgie setzt sich auf die Zuschauerbank.

„Ab sechs Zuschauern fangen wir an", sagt Mickersen. Er bewegt sich schnell, tänzelt mit raschen Richtungswechseln. Ein Hase, denkt Hagen.

Er dagegen macht große Schritte, grätscht, steht offen, schlägt kraftvoll. Gerade Schläge oder Topspin. Mickersen schnippelt herum. Seine Bälle kommen als Boten der Gemeinheit über das Netz: Unterschnitt, Stopbälle. Mickersen zählt die Zuschauer, es kann losgehen.
Der Chefarzt hat Aufschlag. Aus der Art des Tennisspiels kann man den Charakter lesen, denkt Hagen. Einsatz und Ökonomisierung von Kraft, Geschwindigkeit, Ausdauer, Körperspannung, Taktik, Aggression, Selbstbeherrschung, Ballgefühl und der Umgang mit Fremdmaterial wie dem Schläger. Mit den gespannten Saiten könnte man Musik machen, hier macht man Druck.
Mickersen wirft den Ball sehr weit hoch, zu hoch, weiß Hagen, er ist im schnellen Fall schwerer zu treffen. Aber schön sind sie, die neongelben Bälle vor dem Himmelblau. Mickersen schraubt sich nach oben und springt schnell ab, um etwas Höhe zu gewinnen. Eigentlich hüpft er nur, denkt Hagen. Und als er das denkt, hüpfen und Hase, wächst in ihm die Gewissheit, dass er nicht chancenlos ist, obgleich Mickersen ihm die ersten Bälle um die Ohren haut. Mickersens Aufschläge sitzen. Hagen muss weit ausschreiten, sich strecken. Seine Returns sind zu schwach, eine Beute für Mickersen, der ihn über das Feld treibt, ihn beherrscht.
„Ahh", stöhnt der, oder er ruft „Zack!". Punktgewinne feiert er mit einer Faust himmelwärts. Er kommentiert sein eigenes Spiel, murmelt, beschwört sich selbst. Nach präzisen Grundschlägen rennt er zum Angriff ans Netz, das ihn davon abhält, weiter auf den Gegner zuzustürmen.
„Serve-and-Volley", sagt Mickersen, „liegt mir." Nach einem unerreichbaren Crossball zum fünf zu eins sagt er: „Dieser Schlag war alternativlos."
Doch dann passiert etwas mit Hagen. Eine Wende im psychisch-körperlichen Universum. Sie tritt in Hagen ein wie eine ruhige Gewissheit, die sich ausbreitet.

Mickersen hört instinktiv auf, Hagen zu loben. Seine Selbstgespräche werden länger und rauer. Er ruft sich zu: „*Come on*, Gernot!" Einmal geht Mickersens Schläger zu Boden. Ist er gefallen? Wurde er geworfen?
Unten den Zuschauern taucht jetzt Philomena auf. Sie hat ihr Hollandrad abgestellt und lehnt an einem Pfosten am Spielfeldrand.
Mickersen gewinnt den ersten Satz mit sieben zu fünf. Hagen hat zwei Fehler bei entscheidenden Ballwechseln gemacht, seiner Rückhand fehlt noch Feinjustierung, weiß er. Als er siebzehn oder achtzehn war, hat er in seinem Verein zwei kleine Jungen beim Training beobachtet, die versuchten Hagens Rückhand zu kopieren. Daran muss er jetzt denken.
Mickersen und er wechseln die Seite, es ist Pause. Hagen hockt an der Seitenlinie, Philomena lächelt von schräg hinten, er steht auf und geht auf sie zu.
„Na?"
Ob sie Tennis spiele. Nein? Ob sie trotzdem Tipps für ihn habe.
Philomena sieht ihn an. „Ja", sagt sie. Er solle mal einen kompletten Neustart versuchen. Ohne Eitelkeiten.
„Ich meinte eigentlich für das Tennismatch hier", sagt Hagen.
„Verlieren", sagt Philomena.
„Würdest du auf mich warten, bis das Spiel zu Ende ist?"
Sie würde. Der zweite Satz geht sechs zu drei an Mickersen. Freundliche Worte beim Handschlag am Netz.
„Haben Sie eigentlich schon etwas Neues?", fragt Mickersen.
"Vielleicht Geriatrie."
„Nicht doch", sagt Mickersen. „Na ja, vielleicht kommen sie dann wieder zu sich. So wie manche im Gefängnis. Ich könnte Ihnen auch etwas anderes vermitteln."
„Geht schon."

„Sie haben übrigens doch etwas gewonnen: die Obduktionsprämie, erinnern Sie sich? Herr Doberer hat die individuell verhandelten Prämien ausrechnen lassen. Sie waren Spitzenreiter, mit über vierzig Prozent. Also, alles Gute, man sieht sich. Und trainieren Sie die Rückhand. Weniger Kraft, mehr Schwung, Peitscheneffekt. Nützt auch im Leben." Damit wendet er sich wieder der Klinik zu.
Philomena begleitet Hagen den Platz entlang. Sie laufen über den kleinen Sandweg und dann den Feldweg weiter Richtung Gamzow, das Fahrrad rechts, Hagen links von ihr. Hagen will plaudern, aber Philomena fragt nach den gefälschten Daten, nach dem Thema der Doktorarbeit, dem Foto von Doberer, den Fehlern, nach seinen Beweggründen. Es ist nicht leicht, etwas Gutes zu sagen, denkt Hagen. Sie sind einen großen Kreis gelaufen und jetzt wieder in Punzlau, an der Haustür zu seiner Wohnung im zweiten Stock. Ob sie mit raufkommen wolle, fragt Hagen. Sie verneint. Wenn er sich neu erfunden habe, dann vielleicht. Sie gibt ihm einen Kuss auf die Wange und hat doch selbst beide Wangen rot. Dann steigt sie rasch auf das Fahrrad und tritt. Selbst die Bewegung im Sprunggelenk ist vorbildlich.

Doberer liegt neben seiner Frau auf dem Teppich. Sie sind nackt. Er hat seit Jahren nicht mehr auf dem Teppich gelegen. Schon gar nicht nackt, neben einer Frau. So was auch, denkt er. Lass uns in den Urlaub fahren, sagt sie, endlich mal wieder. Er will beinahe sagen, dass er ja gerade erst Urlaub genommen hat, aber hier, zu Hause, war das ja eine Dienstreise, eine Lüge war das. Man würde sich sehr wundern, in der Verwaltung, wenn er schon wieder Urlaub nähme. Eine Woche vielleicht, sagt sie, der Rollstuhl passt ja hinten in den Wagen. Sie möchte eine kleine Deutschlandreise machen, vielleicht unter einem Motto, „Kunst und Landschaft“ oder „Regionale Küche“. Man könne sich auch einfach treiben lassen oder würfeln, gerade Zahlen: nach Westen, ungerade: nach Osten, irgend so was. Sie redet ungewöhnlich viel, findet er, und über all den Worten schwebt die Frage, wie es weitergehen kann.

Hagen schiebt den Visitenwagen über seine neue Station. Sie haben ihn hier aufgenommen und angestellt, in Grebesmar, Nordhessen, im Abseits. Er hat kein Berufsverbot bekommen, es liegt zu wenig Handfestes gegen ihn vor. Das Verfahren läuft, aber, so der Anwalt in dem rosafarbenen Hemd mit dem Haifischkragen, es wird sich wohl verlaufen. Eine Notiz gab es in der „Brandenburg Rundschau“, sonst nichts. Anni hat ihm die Meldung gezeigt, stumm die Zeitung zu ihm gedreht. Blitzi-Entlassung.

Bis hierher, durch all die Wälder, über all die Autobahnkreuze, ist nichts gedrungen. Private Gründe hätten ihn hierher ... und so weiter. Es hat noch ein abschließendes Gespräch mit Mickersen und Doberer zu der Doktorarbeit und dem Vorwurf des Betrugs gegeben. Sie saßen auf der einen und Hagen auf der anderen Seite von Mickersens Schreibtisch. Zuletzt hatten Mickersen und Hagen dort immer nebeneinander gesessen, nach Dienstschluss. Zur Entlastung Hagens lobte Mickersen Hagens Einsatz in der Klinik und seinen Fleiß bei der Doktorarbeit.

„Und wer hat keine Leiche im Keller“, hat Mickersen zum Schluss gesagt und Doberer angeblickt.

Den geliehenen Trainingsanzug von Mickersen hat Hagen zu dem Gespräch gewaschen und zusammengelegt mitgebracht. Er lag friedlich zwischen den Parteien auf dem Tisch. Man habe sich in gegenseitigem Einvernehmen getrennt, steht im Zeugnis.

Ein paar hundert Kilometer verändern das Leben. Zwei Mails hat Hagen geschrieben, eine an Kosloff, mit großem Dank und neuer Adresse, und einen kurzen an die K. Was schreibt man denn da? Differenzen ist so ein Wort, Perspektivwechsel ein anderes.
Hagen war dann noch für ein paar Tage in Berlin. Er hat bei Lucie geklingelt, aber die wohnt da nicht mehr. Und Cheng hat diese Frau. Da ist Hagen zurückgefahren nach Punzlau und hat sich auf Anzeigen von Kliniken beworben, die Ärzte suchten: Rehakliniken, Geriatrien, Mutter-Kind-Kliniken. Klinken, in deren Stellenanzeigen die Verkehrsanbindungen angepriesen wurden. Grebesmar hat sich schnell gemeldet.
Der Träger des Krankenhauses in Grebesmar ist ein kirchlicher Verein. Den Aufsichtsrat kann man von den Patienten dadurch unterscheiden, dass seine Mitglieder Anzüge tragen.
Auch in Grebesmar gibt es einen Chefarzt und einen Geschäftsführer, ein Paar wie Mickersen und Doberer, aber älter, freundlicher, wie aus der Zeit gefallen. Doberer, denkt Hagen, hat eine innere Spannung, die tief aus ihm selbst kommt, aus der Tiefe des Hans-Jürgen Doberer, wie eine Quelle. Aber den Ursprung dieser Quelle kennt niemand.
Hagen arbeitet jetzt in der Abteilung für Altersmedizin, der Geriatrie. Hier liegen die Patienten am Ende ihres Lebens. Das Fachgebiet ist eine Mischung aus Palliativmedizin und Rehabilitation. Sie kommen aus anderen Krankenhäusern hierher, damit sie möglichst bald wieder in ihr Zuhause zurückkehren können, in die „Häuslichkeit", wie sie hier sagen, weil es wichtiger klingt als „Zuhause". Die Patienten werden liegend gebracht. Ziel ist die Vertikale.
Geriater werden ein paar Idealisten und ein Rest Gescheiterter, die einen ruhigen Job suchen. Hagen weiß, dass er im Moment zur letzten Gruppe gehört.

Aber er preist sich an als einer aus der ersten. Alle tun das. Wo er denn zuletzt gearbeitet hätte? An der Charité. „An der Charité", wiederholen sie mit erhobenen Augenbrauen, „und jetzt Grebesmar?" Hagen blickt ihnen in die Augen und nickt gewichtig. Er wird sich eine Biografie bauen. Er soll sich neu erfinden.
Manche der Patienten hier können nicht mehr laufen, manche nicht einmal mehr sitzen. Sie fallen um, wenn man sie hinsetzt. Manche halten selbst das Liegen nicht aus. Einige können nicht mehr so denken, wie man es erwartet, einige den Stuhlgang nicht halten. Hier entscheidet sich, wer es noch einmal nach Hause schafft und wer umziehen muss, ins Heim, zur letzten Station des Lebens.
Die Reinigungskräfte benutzen ein schärferes Putzmittel, denn die Türklinken und Klingeln kleben. Auf den Nachttischen, auf der Bettwäsche und auf den Nachthemden sind Flecken, Punkte, Kleckse. Herrenlose Gebisse hocken in Plastikdosen. Manchmal liegen die Gebisse in den Papierkörben und manchmal, wenn jemand die Zimmertür öffnet, ist eine Pflegekraft an einem nackten Hintern zu Gange. Jede Nacht stürzt jemand. Es ist eine Sturzkrankheit. „Herr Dorst, was machst du da auf dem Boden?", fragt eine Schwester.
Pflegekräfte für Grebesmar sind schwer zu finden, genauso schwer wie in Punzlau. Viele sind Eingeborene. Der Essenswagen verbreitet seinen Geruch. Man soll Hunger haben. Es gibt pürierte Kost.

Auch in Grebesmar gibt es eine kleine Privatstation. Hagen muss einmal im Monat Wochenendvisite auf der Privatstation machen. Da ist Hagen kein Arzt, er ist eine Art Zimmerkellner. Er geht von Zimmer zu Zimmer und klopft an die Türen. Schwere Türen, die sanft und fest schließen. Die Patienten dahinter hören das Klopfen

nicht, sie sind alt, schwerhörig und machen sich Sorgen wegen des vielen Geldes.
„Klopfen Sie nie?", fragt ihn ein schwerhöriger Alter. Sein Blick zielt auf Hagen. Hakennase als Kimme.
„Doch, doch", sagt Hagen und: „ich wollte fragen, ob es irgendetwas Besonderes gibt?" Diesen Satz hat er sich zurechtgelegt für die Wochenendvisite auf Privatstationen. Auf normalen Stationen fragt er meist, wie es geht. Einfach so. Aber sobald man alte Privatpatienten danach fragt, bieten sie einem einen Stuhl an und man ist gefangen.
„Interessiert Sie das wirklich?", fragt der Alte.
„Es ist meine Aufgabe. Ich bin der diensthabende Arzt."
„Diensteifrig. Bis in den Tod. So seid ihr Deutschen", sagt der Mann.
Hagen schaut auf die Kurve. Der Mann heißt Weiss, Doktor Weiss. Er hat Darmkrebs. Vielleicht ist die Bemerkung ein Gesprächsangebot.
„Und aus welchem Land stammen Sie?"
„Jedes Land hat seine Immigranten", sagt er, „und die halten sich besser bedeckt."
Vielleicht hat er eine wahnhafte Störung oder so was.
„Haben Sie das Gefühl, dass jemand hier etwas Böses gegen Sie plant?"
Weiss legt den Finger quer über den Mund. Hagen hasst Psychiatrie. Er versucht es einfacher:
„Also, gibt es etwas Gesundheitliches, das Sie mit mir besprechen möchten?"
„Nein, danke", sagt der Mann, „und lassen sie die Tür ruhig auf, wenn Sie gehen. Das machen hier alle."
Hagen klopft an der nächsten Tür und öffnet sofort. Das hat er von Mickersen übernommen.
„Ahhh", macht es. Das ist Frau von Fröttcher. Hagen sieht das Stillleben auf ihrem Nachttisch: teure Blumengebinde, homöopathische Mittel, ein Hörgerät, Oberkieferprothese, ein benutztes Taschentuch und ein Buch

mit dem Titel: „Der andere Tod". Er könne den Versicherungsstatus anhand der Blumen auf dem Nachttisch bestimmen, hat Kosloff gesagt, oder nach einem Blick auf die Zahnfüllungen.

Hagen sagt seinen Spruch. Sein neuer Satz vermittelt: Ich weiß nichts über Sie, ich bin nur am Wochenende hier und alle wichtigen Entscheidungen müssen Sie eh mit dem Chef besprechen, denn Sie sind chefarztversichert und das ist mir bewusst.

Frau von Fröttcher macht wieder „ahhh". Dann sagt sie „Einszweidreivier". Sie hat einen Schlaganfall, sie kann nicht mehr sprechen, nur noch „ahhh" und „Einszweidreivier", als zähle sie ein Musikstück im Viervierteltakt ein. Es ist eine faltige Frau von fünfundachtzig Jahren mit einem Hausponcho aus Angorawolle, unter dem der gelähmte rechte Arm herausbaumelt. Sie hat ihre eigene Bettwäsche bringen lassen. Eine Welle Sanftheit überkommt Hagen. Wir wird er mal da liegen? Vielleicht tut sie ihm leid, vielleicht ist es aber nur Erleichterung, weil die Visite schnell gehen wird.

Im nächsten Zimmer liegen zwei Frauen. Sie sind nur zweibettzimmerversichert. Zweibettzimmerversicherte sind weniger exklusiv als die Einbettzimmerversicherten. Manchmal sind sie zumindest freundlich, manchmal fast normal. Andererseits schaukeln sie sich gelegentlich hoch in ihrer Abneigung gegen das Krankenhaus oder die Pflegekräfte.

„Ich habe keine Minute geschlafen", sagt die Frau im vorderen Bett.

„Können Sie nicht einschlafen oder wachen sie immer wieder auf?"

„Ist das von Bedeutung? Ich kann einfach nicht schlafen."

„Nehmen Sie zu Hause Schlaftabletten?"

„Dann und wann", sagt sie, „so kleine weiße."

„Gibt es Gedanken, von denen Sie nicht loskommen? Haben Sie Schmerzen oder Luftnot, etwas das Sie vom

Schlafen abhält?"
„Ja", sagt sie. Dann schirmt sie ihren Mund mit dem Handrücken gegen ihre Bettnachbarin ab:
„Die da."
Sie zeigt mit dem Zeigefinger der anderen Hand kurzzeitig auf das andere Bett, wo eine zweite Patientin sich komplett unter der Bettdecke versteckt hat. Das Gesicht zeichnet sich unter der Decke ab wie ein verschneites Gebirgsprofil.
Hagen legt das Problem offen. Versucht, das Problem zu diskutieren. Die Frau unter der Bettdecke aber bleibt zugedeckt, sie antwortet gedämpft unter der Bettdecke. Beide beschuldigen sich des Schnarchens, des Stöhnens, des Viel-zu-laut-auf-Toilette-Gehens. Bett vorne will das Fenster auf, Bett hinten Fenster zu. Hagen schlägt vor, die Bettpositionen zu wechseln, das Fenster zu klappen und den nächtlichen Harndrang medikamentös zu verringern. Das könne ihm so passen, so einfach sei das nicht, sagt die Frau unter der Decke, die andere pflichtet ihr bei. Beide verlangen einen individuellen Zimmerwechsel. Alle Betten belegt, sagt Hagen, er zieht sich rückwärts zurück.
„Das Essen ist verheerend", ruft die Vordere.
„Und die Decken sind zu schwer", ruft die Zweite. Dann ist die Tür zu und er ist draußen.
Im Zimmer 12 ist eine Frau verstorben. Erwartungsgemäß. Metastasiertes Ovarialkarzinom. Sie hatte Metastasen in der Brustwand und in der Wirbelsäule. In den letzten Tagen war sie querschnittsgelähmt. Der Dienstarzt hat gestern das Morphium erhöht, auf vier Mal 15 mg. Vielleicht war es zu viel, macht aber nichts, war gut so. Hagen tritt an die Frau heran. Bei der Leichenschau verpflichtet man sich, die unbekleidete Leiche komplett zu untersuchen. Aber kaum einer macht das. Hagen schiebt die Augenlider nach oben. Die Pupillen sind weit. Auf Berührung der Hornhaut tut sich nichts. Er braucht

noch sichere Todeszeichen: Todesstarre, Fäulnis, Kopf ab, so etwas. Als erstes sicheres Todeszeichen kommen Leichenflecken an den, wie es heißt, „abhängigen Partien". Er dreht die Frau zur Seite und schaut am Rücken. Um die Schulterblätter färbt es sich violett. Damit wäre er durch mit der Leichenschau. Menschen sind sehr schwer, wenn sie tot sind. Er dreht die Frau vorsichtig zurück, obwohl er eigentlich gar nicht mehr vorsichtig sein müsste. Die Schwestern machen die Frau dann ein bisschen zurecht, nehmend die Sauerstoffbrille aus der Nase, schließen den Mund und binden ihn hoch, bevor die Totenstarre kommt. Hagen ruft den Ehemann an, der geht aber nicht ans Telefon, Hagen spricht auf den Anrufbeantworter, bittet um Rückruf. Der Mann wird wissen, warum.

Auch an den Werktagen folgt der Frühbesprechung und dem Blutabnehmen die Visite. Kosloff hat gesagt, die Visite sei „Seele von klinische Arbeit". In Zimmer 2 ruht das graue Gesicht einer Frau auf dem Kissen. Die Mulde, die der Kopf eindrückt, ist nicht tief. Dieses kleine Kissen wurde von der Enkelin bestickt. Etwas Eigenes in der Fremde. Auf der Bettdecke liegt ihre rechte Hand mit vielen kleinen braunen Flecken. Den Ehering hat man ihr auf den Mittelfinger umgesteckt.
„Er rutscht so leicht in letzter Zeit", sagt sie, denn Hagen hat auf die fleckig-faltige Hand gesehen. Die Finger sind kleine, krumme Ästchen.
„Was hat die Hand früher nicht alles gekonnt", sagt die Frau. Und sie möchte mehr sprechen und öffnet den Mund. Die Zunge sucht etwas, Worte vielleicht, Wasser. Die Frau züngelt. Dass sie nach Hause will, zu den Tieren. Zu den Tieren, wiederholt Hagen, er hebt die Stimme am Ende, das hat er mal von einer Krankenschwester übernommen. Er weiß nicht, ob das ein Zuspruch sein

soll, eine Frage oder ein Echo. Aber behutsam ist es.
„Zu den schönen Tieren", sagt die Frau.
Er muss sie mal abhorchen. Ob sie das Nachthemd mal ... Die Pigmentflecken, der Witwenbuckel, Atrophie, Papeln, Ekzem. „Juckt es da?"
„Man kommt da nicht dran", sagt sie und Hagen kratzt die Frau ein bisschen, da muss Harnstoff drauf, denkt er, und er denkt, was mache ich da eigentlich, das ist keine Medizin mehr. Es tut der Frau aber gut. Es ist also doch Medizin. Hagen horcht die Lunge der Frau ab, das Stethoskop springt im Zickzack rechts und links neben der Wirbelsäule hoch, die ganz dünn mit Haut bespannt ist. Er lässt die Frau wieder auf den Rücken sinken.
„Den Bauch, ich muss mir mal den Bauch ansehen", sagt er. Der Bauch ist gewölbt wie eine Glatze, der Nabel ist nach außen gestülpt und daneben buckelt noch eine kleine Hernie hervor, wo die Frau sonst doch so dünn ist. Kein Muskel, der den Bauch hält. Wenn man mit den Fingern perkutiert, hallt es darin wie in einer leeren Kirche. Welche Tiere denn zu Hause auf sie warten, ein Hund vielleicht? Hagen steckt sich das Stethoskop in die Ohren. Er kann damit nicht verstehen, was die trockene Zunge flüstert, er hört in den Bauch hinein. Und der Bauch schweigt. Nur im rechten unteren Quadranten ist ein Klang wie in einer Tropfsteinhöhle, schön, wenn man nicht weiß, wo das Geräusch herrührt.
Drei Kinder hat die Frau, zwei sind schon tot und eins in Amerika.
„Der Ara", sagt die Frau, ein Papagei also, ja, der Ara, und wer ihn jetzt wohl füttert, und eine Katze, soso. Hagen drückt auf den Bauch, da tut es weh. Die Leber ist groß, kommt einem entgegen, wenn die Frau einatmet, der Leberrand rutscht über Hagens Fingerkuppen. Was macht diese kleine Frau mit so einer Leber? Die Leber wird die Frau von innen zerdrücken. Hagen muss rektal untersuchen, das muss man, da wird das Problem sitzen.

Vielleicht füttert der Nachbar, wie denn die Katze heißt, Toto, ein kleiner Wilder, der Finger muss kurz mal tasten, das kenn ich, sagt die Frau. Und dann ist Blut mit Stuhl vermischt am lila Handschuh, der in den Müll fliegt. Frau Wroblewska, wir müssen, ich weiß schon, sagt die, aber die Katze und der Vogel. Es gibt keine Nachbarn.

Es ist Juli. Es ist Frau Wroblewskas Geburtsmonat. Durch das Krankenhausfenster kann man spüren, dass es draußen sehr warm ist. Dass die Hauswand gegenüber aufgeheizt wird, dass die Blätter der Bäume flirren. Es ist der kraftvollste Monat von allen. Hagen versucht, der Frau Mut zu machen. Er sagt:

„Sehen Sie, das Wasser ist jetzt aus den Beinen fast raus und besser Luft bekommen Sie auch schon." Das wird schon wieder, kann er nicht sagen.

„Ich fühle mich gut aufgehoben im Leben und werde auch im Tod gut aufgehoben sein", sagt Frau Wroblewska. „Ich werde hoffentlich irgendwie da hinübergleiten, demnächst. Wann genau, weiß ja kein Mensch. Ich frage mich, wie lange das noch dauert. Aber Gott ist kein Kalender. Jeden Tag rücke ich ein wenig zum Tod hinüber. Und irgendwann sitze ich ganz bei ihm. Oder er zieht mich am Hemdchen hinüber, ich bin ja nicht schwer."

„Alles ist miteinander verbunden, alles verschiebt sich von hier nach dort", sagt sie schließlich. „Ist hier vielleicht eine Geburtshilfe im Haus? Haben Sie mal eine Geburt gesehen? Ich sterbe, und gleichzeitig wird jemand geboren."

Hagen setzt sich zu Frau Wroblewska. Sie können mich ruhig Hanna nennen, hat sie vor zwei Tagen gesagt und ihm das Händchen hingestreckt. Hagen hat es genommen, zögerlich. Und dann hat er die Hand in seine eingeschlossen und an einen kleinen Vogel denken müssen.

„Drücken Sie ruhig, trauen Sie sich", hat sie gesagt, „und

schauen Sie in den nächsten Tagen wieder vorbei. Und auch in die Schreibtischschublade." Dabei hat sie ihren Zeigefinger kurz in Richtung Nachttisch gehoben. „Ich meine natürlich den Nachttisch hier."
Jetzt spricht Hanna nicht mehr, ihre Atmung geht abrupt, Maschinenatmung. Die Atemfrequenz liegt bei zweiunddreißig pro Minute. Im Atemstrom vibriert Schleim und macht Geräusche, Todesmusik ist das, *death rattle*. Schweiß sammelt sich auf ihrer Stirn. Hagen öffnet die Nachttischschublade. Darin liegt ein gefaltetes Papier, auf dem „Doktor" steht. Hagen faltet das Papier auseinander, Hanna hat die Augen geschlossen, den Mund offen. Sie hat es mit Bleistift aufgeschrieben:

„Die wichtigsten Fragen sind:
1. Wer kümmert sich um Katze/Vogel? Ich möchte sie Ihnen vermachen, Sie haben noch glatte Haut.
2. Die übrig gebliebenen Freunde (3) werden klarkommen, sie werden trauern (gut so!). Beim ersten Treffen werden sie schon wieder lachen.
3. Gerannt wäre ich noch mal gern. Vor vier Wochen fünf Meter mit dem Rollator, das war ein Erfolg. Jetzt werde ich die Erde riechen. Mein Atem war nur zu Gast.
4. Ich bin keinem böse.
5. Bitte nachhelfen. Einmal reicht und ist keinmal. Gott vergelt's."

Man darf einem Sterbenden einen Perfusor mit Morphin und Midazolam anschließen, ihm zeigen, wie man die Flussrate erhöht, und dann aus dem Zimmer gehen. Das ist legal. Das hat ihm Kosloff beigebracht. Man darf einem Sterbenden aber Morphin und Midazolam in tödlicher Dosis nicht selbst injizieren, denn das ist Mord. Hagen schreibt in die Kurve: „Dreimal 20 mg Morphin subkutan bei Luftnot und Schmerzen."
Rückfragen der Pflegekräfte wegen der Dosis hat Hagen

abgewehrt. Das ist eine Schmerztherapie, sehr stark, denn wir wollen sichergehen, dass kein Schmerz durchbricht, verstehen Sie? Das hat er gesagt. Dieses kleine, nachgeschobene „Verstehen Sie?", das hat er von Doberer, tatsächlich, selbst von dem wird er eine Sache mitnehmen. Die Pflegekräfte wissen Bescheid. Und sie haben es verstanden, genickt. Oder was würden sie für sich selbst wünschen? Die intravenöse Injektion muss Hagen geben. Zum Midazolam mischt er Kaliumchlorid und Metoprolol. Ein echter Sundowner. Es ist nur ein kleiner Druck mit dem Daumen auf den Spritzenstempel, langsam, fast zärtlich.

Hagen hat ein kleines Haus am Wald bezogen. Gelegentlich besucht ihn eine Krankenschwester. Die ist achtzehn, trägt einen Nasenring und hat die Geschmeidigkeit einer Wildkatze. Bald will sie hier abhauen, möglichst weit weg. An freien Tagen fahren Hagen und sie mit dem Motorroller helmlos über Land und lassen sich vom Wind Tränen in die Augen treiben.

Eines Abends klingelt es an der Tür. Kosloff füllt den Türrahmen mit seinem Lächeln. Ob Hagen eine Ladung Tratsch gebrauchen könne, fragt er. Hagen macht dazu Rühreier mit Speck. Das Bier schäumt vor Glück.

Doberer hat, so Kosloff, nach Hagens Betrugsfall den Laden auf den Kopf gestellt. Er nannte die Kampagne „Neue Ehrlichkeit". Alles müsse auf den Prüfstand. Dabei kam heraus, dass Kosloff nie ein gültiges ukrainisches Ärztediplom vorgewiesen habe, also ohne Abschluss gewesen sei und vorher auf der Krim als Animateur gearbeitet habe. Kosloff hofft, dass diese Geschichte inzwischen verjährt ist, so wie alles irgendwann verjährt. Schließlich hat er fünfzehn Jahre Berufserfahrung als Arzt in fast allen Fächern. Vorerst aber muss er auf Heilpraktiker umsatteln. Philomena lernt jetzt Gynäkologie, sie will danach in die Kinderheilkunde, um sich als Hausärztin in der Provinz oder einem sozialen Brennpunkt niederzulassen. Mit dem Neubau für Punzlau wird es nichts, weil in den Gräben rund um die Klinik Furzfische leben. Die stehen unter Naturschutz und verhindern Neubauten. Stattdessen habe die Gemeinde der Klinik aber einen Brunnen gespendet. Der steht jetzt in der Krankenhauseinfahrt und wird abends rot angestrahlt. Bei der Einweihung gab es Rotkäppchen Sekt und der Brunnenbildhauer war anwesend. Er sah ziemlich normal aus. Er kommt aus der Gegend dort, Dünnbier kennt ihn. Mickersen? Ist noch da. Nach wie vor kein Professor, dafür aber seit ein paar Monaten auf der LOCUS-Ärzteliste, als regionaler „Top-Mediziner". Das hat ihn erst mal beruhigt. Und Sartin? Sartin nimmt Tennisstunden.

PERSONENVERZEICHNIS

Punzlau
Hagen Burbeis, *Assistenzarzt*
Hans-Jürgen Doberer, *Geschäftsführer der Dubio-Kliniken Punzlau*
Charlotte Doberer, *seine Frau*
Doris Mietz-Stallknecht, *seine Sekretärin*
Priv.-Doz. Dr. Gernot Mickersen, *Chefarzt der Abteilung für Innere Medizin*
Anni Koscinsky, *Mickersens Sekretärin*
Boris Kosloff, *Oberarzt der Abteilung für Innere Medizin*
Dr. Elsbeth von Harderer, *Oberärztin Abteilung für Innere Medizin*
Niko Stüder, Philomena Garbeleit, Anja Frohn, Sartin Rasim, Fenyak Selcuk, *Assistenzärzte*
Dr. Sebastian Köcher, *Chefarzt der Abteilung für Urologie*
Ulf Wulke, *Chefarzt der Abteilung für Chirurgie*
Dr. Cristiane Knabbe, *Chefärztin der Abteilung für Geburtshilfe/Gynäkologie*
Dr. Renk van Noergelen, *Konsilarzt Neurologie*
Annelies Dönitz, *Pflegedienstleiterin*
Katrin Selbst, Elena Ludovik, Henriette Ditte und Bianca Schreiber, *Pflegerinnen der Abteilung für Innere Medizin*
Richie Döffler, *Pfleger der Abteilung für Innere Medizin*
Susanna Wüst, *Personalerin*
Harald Fender, *Beschwerdemanagement*
Wolfgang Puffert, *IT-Beauftragter*
Mandy Dost und Peter Dölze, *Rezeptionisten*

Joy Chumtong, Nuki Anande, Su Meephuk, *Masseurinnen*
Eckart Findeisen, *Geschäftsführer des Klinikums Schwelck*

Dr. Maximilian Schlesiger, *Ministerpräsident*
Alexander Dünnbier, *Mitglied der Landesregierung*
Heike Velden, *Assistentin von Dr. Schlesiger*

Berlin
Maximilian Dörr, *ehemaliger Psychologe, Statistiker*
Lucie Hinterseer, *ehemalige Freundin Hagens*
Dr. Chen Oberstauf, *ehemaliger Kommilitone Hagens*
Lan Liu, *Studierende, dessen Freundin*
Professor Dr. Dr. h. c. mult. Dietmar Hellbrock, *Professor für Kardiologie, Charité Berlin*
Dr. Ning Hu und Dr. Ming Yang, *wissenschaftliche Assistentinnen*

Bangkok
Jergin Kusmin, *Geschäftsreisender*

Grebesmar
Hanna Wroblewska, *Patientin*
Charlotte von Fröttcher und Dr. Hans Weiss, *Privatpatienten*

DANKSAGUNG

Ich danke Ina Bruchlos, Katrin Seddig, Lars Dahms, Alexander Posch und Gordon Roesnik für die Ermutigungen und die Kritik bei den allmonatlichen Treffen. Dank an Lou Probsthayn, Ulrike Schuldes und Thorsten Passfeld. Danke auch an die ärztlichen Kolleginnen und Kollegen mit Sinn für den Ernst und die Absurditäten der Klinikstätigkeit, zum Beispiel Sophia Brosche, Matthias Janneck, Christoph Salomon und Philipp Sterzer. Danke auch an Triosol: Marisol, Hendrik und Johannes. Irgendwie ist immer Musik dabei.

Alexander Rösler war Provinzbewohner, Gesamtschüler, Torwart, Kontrabassist und Schauspielschüler. Heute ist er Chefarzt in einer deutschen Großstadt. Er schreibt sonst Jugendbücher und Kurzprosa. www.alexanderroesler.de